BUR rizzoli ragazzi

# MINO MILANI

# *Seduto nell'erba, al buio*

Postfazione di Antonio Faeti

BUR ragazzi
rizzoli

I edizione Bur Ragazzi maggio 2010

ISBN 978-88-17-04025-9

# Estate 1944

*20 maggio*

Oggi è finita la scuola. Hanno anticipato la chiusura dell'anno. Magnifica idea. Ci hanno mandato a casa alle dieci e mezzo. È fantastico girare per le strade al mattino, sembra di essere in una città straniera.

*21 maggio*

Stamattina, primo giorno di vacanza, siamo andati in bici fin giù al fiume; noi quattro, dico: io, Piero, Silvio, Carlo. Abbiamo passato il ponte, siamo andati in campagna. Era una bellissima mattina, cielo azzurro, sole, un po' di vento. Ma quello che è successo poi non è stato bello. Proprio no.

Ci eravamo seduti nell'erba, lungo la strada dell'argine; alle spalle avevamo il fiume, e davanti dei prati, con in mezzo una stradina e con in fondo i boschi. Parlavamo ancora di scuola, anzi degli scrutini: sembra che venerdì sapremo come è andata. A un certo punto, fuori dal bosco è uscito un carro tirato da un cavallo; veniva piano piano per la strada; seduto sul carro c'era un contadino, e Piero ha detto: «Guardate, non sembra una cartolina?»

Era vero, sembrava una di quelle cartoline, o una illustrazione dei libri per bambini. Ma in quel momento s'è fatto sentire un rumore spaventoso; ho messo le mani sulle orecchie, sembrava che la testa mi scoppiasse, una cosa terribile, insomma; ci siamo alzati tutti insieme, spaventatissimi: e dalle cime degli alberi, quasi toccandole, è sbucato un aereo. Mai visto un aereo così basso: color nero e argento, vibrava tutto, e d'un tratto si è come ricoperto di fuoco e di fumo. Ci è passato sopra la testa e se ne è andato. Sarà stato, non so, a venti metri d'altezza, e noi, senza nemmeno saperlo, ci eravamo buttati nell'erba, e abbiamo sentito come una terribile ventata d'aria caldissima. È stata una faccenda di mezzo minuto, ma neanche: di dieci secondi, ecco. Poi c'è stato un gran silenzio.

Ci siamo guardati in faccia, gli altri erano tutti pallidi, e di sicuro ero pallido anch'io; tremavamo, non sapevamo che cosa dire, che cosa fare; abbiamo subito visto che il carro non c'era più, e nemmeno il cavallo, e nemmeno il contadino. C'erano soltanto dei rottami sparsi dappertutto sulla strada e nei campi. Siamo scappati via pedalando con tutte le nostre forze, siamo arrivati al ponte che eravamo senza fiato, non ci siamo neanche guardati, senza fermarci e senza dir nulla ognuno ha preso per la sua strada.

*Più tardi*

Adesso sono più calmo. Scrivo meglio. La pagina che ho scritto stamattina, quasi non sono riuscito a rileggerla. Mi tremavano le mani, quando scrivevo. Sì, adesso sono più calmo. Mi sento stanco, però, non so perché. Quando sono entrato in casa non riuscivo nemmeno più a respirare.

Non sapevo che potessero accadere certe cose. Sì, lo so che bombardano e mitragliano, ho sentito parlare tante volte dei bombardamenti e dei mitragliamenti, ma un conto è sentirne parlare, un altro è vederli. Come facevo a immaginare una cosa simile? Un momento, è stato, meno di un momento, e non abbiamo capito nulla, perché quel rumore era così forte che non si riusciva nemmeno a pensare. Non so. Siamo scappati. Abbiamo sbagliato?

Sì, forse sì; dovevamo forse andare a vedere che cosa era successo: il cavallo no di certo, ma il contadino poteva essersi salvato, forse era ferito e potevamo aiutarlo. Ma no, non si vedeva muoversi più niente, c'erano solo quei rottami e del fumo; che cosa potevamo fare, noi?

Perché mitragliare un carro a cavalli, in una stradina di campagna?, che cosa credeva, quel pilota?, di vincere la guerra in quel modo?

*Ancora più tardi*

Mi è passata; non proprio del tutto, ma mi è passata, o almeno mi sta passando. Per esempio, adesso le mani non mi tremano proprio più; oggi pomeriggio invece ancora mi tremavano, lo capisco dalla scrittura.

Tutti in città parlano del mitragliamento e di quel povero contadino ucciso. Stasera, a tavola, l'ho detto, che avevamo visto. La mamma si è commossa, s'è lamentata perché vado troppo in giro, con tutti i pericoli che ci sono; avrà anche ragione, ma non posso stare sempre chiuso in casa.

Il papà non parlava; gli ho chiesto: «Che cosa credeva di fare, quel pilota?» Mi ha risposto che non si trattava di credere o di non credere di fare una cosa: quel pilota aveva avuto l'ordine di sparare su tutti i mezzi di trasporto, e quindi aveva sparato sul carro. Poi ha detto che questo ha di terribile la guerra (papà lo sa bene, perché ha fatto l'altra, la Prima guerra mondiale, cioè la Grande guerra): che ti costringe a fare delle cose che non faresti mai e poi mai. Quando sei in guerra e ti danno un ordine, mi ha detto, non puoi metterti lì a dire questo sì e questo no. Gli ho chiesto:

«Ma papà, e se quando eri in guerra ti ordinavano di mitragliare un carro, che cosa facevi?»

Lui ha scosso la testa senza rispondere; mi sono un po', come dire, arrabbiato: «Io, un ordine simile, non lo eseguirei.»

Lui ha avuto uno di quei suoi sorrisi un po' malinconici e ha detto piano: «Eh, si fa presto a dirlo, quando non si è soldati. Certo, puoi anche rifiutare un ordine. Se lo fai, però, ti fucilano.»

Ci sono rimasto. Non me l'aspettavo, non ci avevo pensato. Il papà ha fatto segno di sì: «Te l'ho detto, questo ha di terribile, la guerra.»

*

*23 maggio*

Promosso! Questo sì che è un bel colpo! Ci avevano detto che avrebbero finito gli scrutini venerdì, ma stamattina abbiamo saputo che già c'erano esposti i voti, e siamo corsi a vedere: promosso.

Anzi, a dire la verità, promossi. Non hanno bocciato nessuno. Della nostra classe, l'unico ad avere avuto l'esame di riparazione è stato Piero, gli hanno dato matematica. Ci è rimasto male, povero Piero, continuava a dire: «Ma perché devono aver dato l'esame solo a me?» e se ne è andato via con le mani in tasca e la testa bassa. Mi dispiace proprio tanto per lui.

Però sono contento per me, credevo che anch'io avrei avuto qualche esame, anch'io matematica, per esempio. Si vede che sono andato meglio di quello che pensavo. D'accordo, non sono grandi voti, sono solo sufficienze; soltanto in italiano mi hanno dato 7; per il resto, tutti 6, però ho 8 in ginnastica, meglio che niente.

Insomma, quello che conta è esser stato promosso, e passare le vacanze senza dover preparare esami.

Appena tornato a casa, sono entrato in cucina, dove la mamma e il papà erano già seduti a tavola, e ho detto: «Promosso!» Sono stati contenti, la mamma mi ha dato un bacio. Non tutto però è andato come speravo; c'era anche lo zio Luigi (non mi avevano detto che sarebbe venuto, non l'aspettavo), che è sempre un po' guastafeste, e che con quella sua specie di smorfia, mi dice: «Vorrei vedere che t'avessero bocciato. Promuovono tutti.»

Non ho saputo che cosa dire; la mamma ha cercato di aiutarmi, dicendo che avevo studiato tutto l'anno, ma lo zio fa: «Studiato o no, con l'aria che tira, promuovono tutti. Quanti bocciati ci sono stati?» mi ha chiesto, e senza nemmeno aspettare la risposta è andato avanti: «Nemmeno uno. È vero o non è vero?»

Era vero, l'ho dovuto dire; e lui: «Che cosa vi dicevo? Promuovono anche gli asini. Bella scuola.»

A questo punto, il papà ha protestato un po': «Be', Luigi, devi capire, sai, c'è la guerra...» ma lo zio, che vuol sempre avere l'ultima parola, ha risposto: «So benissimo che c'è la guerra. Per cui, tutti promossi, e così si vince la guerra.»

Avrei voluto chiedere: "Che cosa c'entra la guerra?", ma sono stato zitto; e così, della mia promozione, nessuno ha più parlato. Ho torto o ho ragione, quando dico che lo zio Luigi è un guastafeste?

*Più tardi*

Però, a pensarci, è vero. Oggi pomeriggio sono tornato a scuola, con Carlo. In tutto, c'è stato un solo respinto, voglio dire bocciato in pieno: un tale della III C, e mi hanno detto che è stato bocciato per via della condotta, per aver risposto male a un professore, o roba del genere. Poi, hanno dato qualche esame di riparazione a qualcuno, come al povero Piero, e niente altro.

A me, va benissimo così. Però, forse ha ragione lo zio Luigi. Che rimane sempre un guastafeste.

*24 maggio*

La mamma mi ha fatto una bellissima sorpresa: una torta, come regalo per la promozione. L'ha fatta con un po' di farina bianca e un po' di farina gialla, zucchero e dell'uvetta. L'ho mangiata proprio volentieri, ma è successa una cosa un po' strana, cioè che mentre la stavo mangiando, mi sono accorto che il papà e la mamma mi guardavano un po' commossi; non ho chiesto niente, ma la mamma mi ha detto:

«Verrà il momento che potrai mangiare delle vere torte, Nino. Vedrai.»

Stavo per dire che quella era una torta vera e buonissima, ma il papà mi ha messo una mano tra i capelli, come di solito, e allora non ho detto niente. La torta, l'ho mangiata tutta, cioè quasi tutta, perché ne ho tenuta un po' per domani. Chissà che cosa voleva dire, la mamma.

Ma no, ho capito benissimo. Non devo scrivere bugie, sul diario. Ricordo benissimo che qualche anno fa le torte erano diverse: panna montata, cioccolato, zucchero, pinoli, canditi e altre cose del genere. È vero. In ogni modo, quella che ho mangiato era buonissima.

*26 maggio*

Oggi ho rivisto Matilde, era da una settimana che non ci vedevamo. Tutte le volte che la vedo mi sento come se fossi l'uomo più felice del mondo. Promossa, naturalmente. Mi ha chiesto: «Ma anche tu, no?»

Ho risposto: «Sì, solo che non ho la media dell'8 o magari del 9, come te» e per un po' abbiamo riso. C'era però qualcosa che non andava, me ne sono accorto, e le ho chiesto: «Che cosa c'è?»

«Ma niente» ha risposto. Eravamo seduti al solito posto, in quella rotonda sulle mura, e lei senza accorgersene strappava di continuo l'erba. Aveva le labbra che tremavano, quasi mi sono spaventato, le ho chiesto due o tre volte ancora che cosa aveva. Alla fine ha detto che da qualche mese non ci sono notizie del sommergibile sul quale c'era suo zio Antonio, il fratello della mamma. Sono tutti molto preoccupati, hanno paura di una disgrazia.

M'è venuto subito in mente il ragionier Candigli, che lavora in banca col papà: suo figlio era su un sottomarino affondato due anni fa vicino a Taranto, e lui, povero ragioniere, non si dà pace nemmeno ora. Ho cercato di consolarla, Matilde; le ho detto che non doveva preoccuparsi così, che un sommergibile deve navigare sott'acqua per chissà quanto, stare nascosto, non farsi sentire da nessuno. Ma non ero convinto, e dopo un poco non sono stato più capace di continuare. Lei forse nemmeno era stata ad ascoltarmi e ha detto: «Pensa, Nino, morire chiuso dentro un sommergibile, in fondo al mare, al buio, senza aria!» e si è coperta la faccia con le mani.

Sono restato lì senza dir nulla. «Mi porti a casa?» ha chiesto poi; e così siamo tornati in città, in tempo però per sentire le sirene che davano l'allarme. Ci siamo messi sotto degli alberi; dopo un po' si è fatto sentire quel solito rumore e abbiamo visto le strisce bianche degli aeroplani. Volavano altissimi, e sono scomparsi, chissà dove andavano.

Non ci eravamo detti nemmeno una parola, e Matilde come parlando da sola ha detto piano: «Ma quando finirà?»

*27 maggio*

Davvero, quando finirà? E quando sarà finita, che cosa accadrà? Certe volte, il papà mi racconta di quando lui aveva la mia età, dei loro giochi, del suo tempo di scuola, insomma: era diversissimo da adesso, e quasi sempre queste sue storie mi fanno ridere. Ora penso: quando avrò un figlio (mio e di Matilde, mi piacerebbe molto), che cosa gli racconterò del mio tempo di scuola? Gli dirò che c'era la guerra, si capisce. Sarò capace di farlo ridere?

*

*28 maggio*

Oggi avevo un appuntamento con Matilde, alle tre, al solito posto, vicino alla chiesetta di San Giovanni; non è venuta, sono stato ad aspettare per più di mezzora, poi me ne sono andato. Chissà che cosa le è successo, forse qualche notizia dello zio, speriamo che non sia una notizia brutta. Domani lo saprò.

In piazza ho trovato gli amici; c'era anche Piero, stava benone, era allegro come sempre, e si capisce che dell'esame di riparazione non gliene importa proprio un bel niente. Come sempre, siamo scesi in bici fino al fiume. Le cose vanno bene: lo zio di Silvio ci darà la sua barca (tanto, lui non la usa più) a patto che gliela verniciamo, e quindi potremo fare delle gite e andare a pescare; se continua questo bel tempo, anzi, la settimana ventura forse potremo fare il bagno.

Insomma, ci eravamo seduti su una panchina, sul lungofiume, quando tanto per cambiare c'è stato l'allarme. Si sono messe a suonare quelle rompiscatole di sirene, e la poca gente che c'era in strada è corsa sotto i portoni. Noi quattro siamo restati dove eravamo, non per darci delle arie, ma perché se tutte le volte che suona l'allarme si deve correre sotto i portoni, tanto vale stare in casa.

Eravamo lì bei tranquilli, quando è passato in bicicletta un milite, ci ha visti, s'è fermato, s'è messo a gridare: «Ehi voi, via di lì, al riparo!, l'avete sentito o no, l'allarme?, siete sordi?» e così, per non stare lì magari a prendere qualche schiaffo, siamo andati a metterci sotto un portone.

C'erano tre o quattro persone; tutti guardavano il cielo, non si vedeva niente, non si sentiva nessun rumore: «Ma che motivo avrebbero, per venire qui da noi? Questa città non è un obiettivo militare» ha detto un uomo, e gli altri a far segno di sì, e a dargli ragione. Dopo un po', sempre quell'uomo, dice: «Non c'è niente da bombardare da noi; e una bomba, con quello che costa, non la sprecano certo bombardando qui. Torino o Milano, quelli sì che sono obiettivi militari.»

Un altro uomo ha detto allora: «Anche Genova» e lui: «Ma Genova, l'hanno bombardata la settimana scorsa. L'importante, è che non vengano qui.» E gli altri: «No, no, qui non vengono.»

Al momento, ho pensato che avessero ragione; adesso penso che, forse, quel contadino, quello del carro e del cavallo, aveva anche lui pensato che il suo carro non era di sicuro un obiettivo militare, e che gli aerei non avevano nessun motivo di mitragliarlo.

*31 maggio*

Mi ha telefonato Matilde. Mi ha detto che l'altro giorno non era potuta venire, perché era arrivato a casa sua un ex ufficiale di Marina, che portava notizie dello zio Antonio. Speravano che ci fosse qualche novità, invece erano cose che già sapevano, vecchie di più d'un anno. L'unica cosa nuova, è che siccome quando c'è stato l'armistizio il sommergibile dello zio Antonio doveva essere dalle parti di Gibilterra, ha detto quell'ufficiale che potrebbe essersi consegnato alla Spagna. Ha detto anche che vedrà di saperne di più, ma che c'è gran confusione, perché ci sono due comandi della Marina, uno in Alta Italia e l'altro in Bassa Italia, per cui non si sa a chi chiedere.

Matilde, a un certo punto, si è messa a piangere, e mi sono sentito morire, non mi vergogno a dirlo. Non dovrei scriverlo, perché non voglio di sicuro tenere un diario come può tenerlo una ragazza; però di Matilde sono davvero innamorato. Vorrei stare sempre con lei. Quando per esempio vado in qualche posto bello, magari in un bosco, o giù al fiume, in quei giorni di sole, penso che se ci fosse lei, tutto mi piacerebbe di più, tutto sarebbe più bello.

*Più tardi*

Certo, Matilde ha ragione, deve essere una cosa spaventosa, morire in un sommergibile. Chiusi dentro, in fondo al mare, al buio, e sentire che a poco a poco manca l'aria. Spero proprio che a suo zio non sia successa una cosa simile.

Due anni fa è morto un cugino della mamma, si chiamava Enzo, era negli alpini (io non me lo ricordo bene, l'avevo visto due o tre volte soltanto) e l'hanno ucciso in Grecia, con un colpo di mortaio. Anche Enzo è morto in guerra, sì: ma all'aria aperta, non chiuso come in prigione; e secondo il papà non s'è nemmeno accorto di morire, perché la bomba di mortaio, ha detto, quando arriva, tu muori ancor prima di aver sentito il colpo. Non so se sia vero o no. Forse l'ha detto per consolare la mamma.

*

*2 giugno*

Al cinema, oggi: c'era lo sconto per i militari e per noi ragazzi. Un film francese. Noioso. Però, sono stato cretino, quest'oggi. Davvero cretino; a pensarci, mi viene voglia di scappare, di nascondermi. È successo che, a mezzogiorno, la mamma ha portato in tavola riso bollito con le verdure, e io senza volerlo, così tanto per parlare, ho detto:

«Oh, sempre la stessa cosa!»

Il papà ha detto: «Ringrazia il cielo che c'è.» La mamma invece è stata zitta. Io non ci pensavo più, ma nel pomeriggio, mentre stavo facendo il primo compito delle vacanze, (barba orrenda!), lei è venuta nella mia stanza, si è seduta vicino a me, e aveva le lagrime agli occhi. «Che cos'hai, mamma?» le ho chiesto un po' spaventato; lei allora mi ha abbracciato, e mi ha detto che devo avere pazienza, e che verrà anche per me il momento di mangiare tutto quello che voglio. Allora ho capito come ero stato stupido a tavola, e ho risposto: «Ma no, mamma, che cosa dici?»

«Vorremmo tenerti lontano dalla guerra» ha sospirato, «ma come facciamo?» Si è tirata indietro, mi ha carezzato un po', e se n'è andata.

Stupido e idiota! Non lo so, forse, che c'è gente che soffre la fame?, e che anche dei miei compagni del Ginnasio mangiano solo una volta al giorno, o quasi? Certo che lo so. E non devo più comportarmi così.

*3 giugno*

Non m'aspettavo una cosa simile. Siamo andati in bici al fiume, volevamo sentire se l'acqua era ancora fredda o se si poteva fare un bagno; non era tanto fredda: io no, e nemmeno Silvio, ma Carlo s'è spogliato, ha messo scarpe e vestiti in un cespuglio, e s'è tuffato. Ha gridato poi che si stava benone, ci ha detto di tuffarci anche noi; eravamo lì a pensarci, quando sentiamo dei movimenti dietro a noi: ci voltiamo, e vediamo un ragazzo che scappa via lungo per un sentiero, ma scappa proprio alla disperata; Silvio s'è alzato, ha guardato nei cespugli, ha visto subito; «Ha rubato» s'è messo a gridare, «ha rubato le scarpe!» e ha cominciato a correre; io, dietro a lui, di volata. Carlo non ha capito, è rimasto in acqua, e ci chiamava. Il ladro correva veloce, ma noi più di lui, Silvio specialmente e dopo un po' gli è arrivato così vicino da poter allungare le mani per prenderlo; quello ha corso ancora per un po', poi ha capito che non ce la faceva, ha buttato via le scarpe, ed è saltato nei cespugli. Ci siamo fermati. Non avevamo più fiato, né io né Silvio, siamo rimasti lì senza saper dir nulla; io sentivo il cuore saltarmi, ma davvero, nel petto. Dopo un po' è arrivato Carlo, scalzo e tutto bagnato; ha preso subito le scarpe e ci ha ringraziato. Mentre tornavamo indietro, s'è messo quasi a piangere. Sarebbe stata una bella disgrazia, ha detto; e ha detto anche che, se fosse tornato a casa senza le scarpe, chissà quante gliene avrebbe date, suo padre.

*4 giugno*

Oggi, domenica, appena dopo pranzo, sono andato con il papà in campagna a comperare qualcosa da mangiare. Di solito, lui ci va da solo, ma stavolta ha voluto che l'accompagnassi. Non ne avevo gran voglia, ma pensando a quella storia dell'altro ieri a tavola, gli ho risposto che andava benissimo.

C'era un bel sole, e ci siamo messi in bicicletta. In città le strade erano quasi vuote; al ponte c'era un posto di blocco, ci hanno chiesto i documenti; a me, non hanno detto niente, al papà, invece, ancor prima di guardare la carta d'identità, un milite ha chiesto:

«Come mai non sei alle armi?»

«Sono del 1898» ha risposto il papà; quello allora, dopo aver guardato la carta: «Sì, va bene, sei del '98, quindi hai quarantasei anni: abbiamo certi camerati, con noi, che di anni ne hanno anche sessanta. Sono volontari. E tu? Perché non sei volontario?»

A me, questo, è sembrato proprio un discorso che non andava, e mi ha preoccupato un po'. Ha risposto il papà: «Sono invalido di guerra» e il milite: «Ah sì? Vediamo il certificato.»

Il papà gli ha dato un documento, quello lo ha preso, è andato da un altro milite, glielo ha mostrato, hanno parlottato un po'; cominciavo a preoccuparmi, il papà era invece molto tranquillo. Torna il milite e dice: «Così, non hai più un rene, eh? Invalido, dice qui» e restituisce il certificato. «A vederti, non si direbbe. In che zona del fronte ti hanno ferito?» chiede poi.

«Sul Piave» risponde il papà; e il milite dice: «Dovevi dirmelo subito. Passa pure. Occhio agli aerei, però, quei criminali sparano anche alle biciclette.»

Così ci hanno fatto passare. Mi sentivo mortificato, m'era dispiaciuto di vedere il papà trattato in quel modo. Lui ha capito, mi ha messo una mano tra i capelli e mi ha detto: «Dai, Nino, non prendertela: così vanno le cose. Finirà.»

La campagna era molto bella, ma non si vedeva nessuno nei campi, che però erano tutti in ordine e coltivati benissimo; chissà quando lavorano, i contadini, forse di notte o al mattino prestissimo. Dopo una pedalata di più o meno un'ora, siamo arrivati in una piccola cascina isolata in mezzo alle risaie; il fittavolo, mi ha detto il papà, aveva fatto la guerra con lui, era della sua classe, 1898. Il cancello della cascina (sgangherato e arrugginito, a dire la verità) era chiuso, e dietro c'era un vecchio che non voleva assolutamente farci entrare. Poi però è arrivato quell'amico del papà, e siamo entrati. Loro due si sono abbracciati.

Il cortile era disordinato, pieno di fango, di rottami; c'erano galline dappertutto: ma il bello era che insieme con le galline c'erano due o tre maiali, e andavano dove volevano, come se i padroni fossero loro. Mi hanno fatto non dico paura, ma un po' di impressione: sta' attento, mi sono detto, che adesso mi vengono vicino. E infatti, quando il papà e quel suo amico sono entrati nella casa, e io sono rimasto sull'aia, un maiale m'è venuto vicino e s'è messo ad annusarmi una gamba. Stavo per tirarmi indietro, quando ho visto tre o quattro ragazzi che mi guardavano, con l'aria di sfottermi. E allora non mi sono mosso e il maiale dopo un po' se ne è andato.

*Più tardi*

Certo, quei ragazzi della cascina, quelli di campagna, insomma, sono molto diversi da noi di città, e non solo per come sono vestiti o perché sono scalzi, ma per come parlano, e per come ti guardano: questi parlavano a voce bassa tra di loro, ridevano un po', mi guardavano come se fossi uno straniero o venissi dalla Luna. Mi sono ricordato che il professore di italiano aveva detto una volta che, per via della guerra, molti ragazzi di campagna hanno smesso di andare a scuola, e quindi stanno disimparando a leggere e a scrivere; per cui quando la guerra sarà finita saranno analfabeti, e dovranno cominciare tutto dal principio. Prima non ci credevo, adesso sì.

C'erano anche dei vecchi, seduti sui gradini delle porte, e qualche donna che guardava dalla finestra. Anche per loro dovevo essere una bestia rara. Insomma, non è stato molto divertente stare in quel cortile, non sapevo che faccia fare; per fortuna, papà ha fatto abbastanza in fretta, ed è uscito con il suo amico e dei pacchi che abbiamo legati alle canne delle biciclette. Il suo amico gli ha detto (qui parlano solo dialetto: io non lo parlo bene, però lo capisco) che stavolta non poteva dargli di più, ma che se tornava tra una quindicina di giorni avrebbe avuto del riso e anche della carne. Il papà lo ha ringraziato, si sono abbracciati ancora e siamo ripartiti.

Non si è sentita nessun'altra voce, e il vecchio è stato pronto a chiudere il cancello. Ho tirato un sospiro di sollievo.

*5 giugno*

Riprendo il diario per finire quella storia della cascina. Tornando in città il papà, in principio, era abbastanza allegro; mi ha detto che aveva fatto una buona spesa: uova, burro, strutto, un mezzo salame e anche un po' di farina. S'è fatto poi un po' pensieroso: «Ogni volta i prezzi aumentano, ogni volta è peggio. Cerchiamo di uscirne fuori» diceva, e mi sembrava che parlasse da solo. Siamo stati zitti, poi.

A un certo momento s'è sentito rumore di aerei, e dovevano essere piuttosto bassi: ci siamo tenuti sul ciglio della strada, che per fortuna era alberata; ma arrivati sulla strada provinciale, dopo una curva, ci siamo trovati proprio davanti una decina di autocarri tedeschi, carichi di soldati e nascosti sotto gli alberi per via degli aeroplani. «Se ci perquisiscono, ci portano via tutto» ha mormorato papà, ma ormai era troppo tardi per cambiare strada o tornare indietro, e così siamo andati avanti. I tedeschi ci hanno guardato, senza però dire nemmeno una parola; abbiamo fatto finta di nulla e siamo passati, e alla fine ero tutto bagnato di sudore. Mezzo chilometro dopo, papà ha preso per un sentiero e siamo arrivati in città così, per una strada più lunga, ma certo più sicura. Passare il ponte non è stato difficile; i militi, nemmeno ci hanno guardato. M'è venuto da dire: «Papà, gliel'abbiamo fatta!»

Lui ha scosso la testa: «No, Nino. Sapevano benissimo che in questi pacchi abbiamo roba da mangiare. Ma la gente che ha da mangiare non protesta, e questo per loro va bene.»

Già. Credo che sia proprio così.

*

*6 giugno*

Abbiamo in mente una gita in barca, ma non di quelle solite: staremo via dal mattino alla sera, andando il più possibile in su. Silvio, che il fiume lo conosce bene, dice che più si sale, più è bello, e selvaggio. Conosce dei posti, dice, che sembrano fuori dal mondo: per esempio uno, chiamato i Rivoni, dove sembra di essere in America o in Africa, chissà dove.

Prima, naturalmente, dovremo ridipingere la barca dello zio di Silvio; e cominceremo domani o dopo, quando cioè avremo la vernice, che non è tanto facile da trovare.

*Più tardi*

Come mi piacerebbe abitare con Matilde in una casetta, in un posto fuori dal mondo come quelli di cui ha parlato Silvio!

*7 giugno*

Ci sono grandi notizie, ha detto il papà stamani, e forse la guerra sta per finire. Prima notizia: qualche giorno fa gli americani e gli inglesi hanno conquistato Roma. Seconda notizia, gli americani sono sbarcati in Francia e i tedeschi non riescono a ricacciarli. Ci sono grandi battaglie. Questa notizia è stata data da Radio Londra, che un amico di papà sente di nascosto; quella di Roma è anche sui giornali, che però, secondo papà, sono pieni di bugie.

«Speriamo che la guerra non arrivi fin qui» ha detto ancora il papà, e siccome la mamma ha chiesto: «Fin qui? Ma non è impossibile?» lui ha fatto segno di no e ha risposto: «Guarda, non c'è più niente d'impossibile. Un paio d'anni fa, sembrava impossibile anche che la guerra arrivasse in Italia, e invece...»

Certo che non è bello sentir sempre parlare di queste cose; ma che cosa posso farci?

*8 giugno*

Questa sera, a tavola, a un certo momento la mamma ha chiesto: «Ma che giorno è, oggi?, l'8 o il 9?» Io e il papà abbiamo risposto insieme: «No, è l'8» e poi il papà ha scosso la testa: «Otto mesi. Sono già passati otto mesi, pensa. Non so se mi sembra un secolo o una mezza giornata.»

Ha detto proprio così; e la mamma: «Sembrava tutto finito, e invece è cominciato il peggio.»

Ho capito di che cosa stavano parlando. Se

oggi è l'8 giugno 1944, sono passati otto mesi dall'8 settembre 1943, non ci si scappa. Quel giorno me lo ricordo anch'io.

Era finita la guerra, o almeno così aveva detto la radio; io l'avevo sentita, ero corso in cucina a dirlo alla mamma, che al momento non ci aveva voluto credere; poi s'erano sentite le voci della gente per la strada, s'erano formati dei cortei, c'erano state delle manifestazioni, dei discorsi. Il papà era tornato a casa, era uscito di nuovo; ma quando era tornato, aveva una faccia scura. Mi ricordo benissimo. Ci aveva detto che qualcosa non andava. La mamma ed io ci eravamo preoccupati.

Nessuno sapeva che cosa fosse successo, ma qualcosa non andava, aveva detto il papà; più nessun corteo, nessuna manifestazione; le strade s'erano vuotate. Tutti erano tornati a casa. Erano rimasti fuori soltanto dei soldati: molti cantavano dentro le osterie, molti altri erano ubriachi, e il papà li aveva visti: erano sdraiati per terra, sulla strada. La mamma aveva detto: «Poveri ragazzi, sono felici perché la guerra è finita.»

Invece non era finita. Dopo due giorni, ricordo proprio bene anche questo, erano arrivati i tedeschi e avevano conquistato la città. Non erano in tanti, ma in tanti sembravano, perché giravano di continuo con le loro camionette; per le strade, di nostri soldati, non se ne vedeva nemmeno uno, gente nemmeno; c'era gente invece sotto i portoni, e anch'io ero sotto il portone, quando i tedeschi sono passati nella nostra piazza: erano in sette o otto su una camionetta, con la divisa nera e i mitragliatori in mano, e ci hanno fatto segno di entrare in casa.

Devo dirlo, e non lo faccio per darmi arie (tanto, questo diario, chi mai lo leggerà? Nessuno) ma non mi sono spaventato. Ero triste, invece. Ma tutti erano tristi. Dicevo dei nostri soldati: non se ne vedeva più nemmeno uno perché erano stati tutti fatti prigionieri, come si è saputo poi. E i tedeschi li stavano trasportando in Germania.

*Più tardi*

A pensarci su bene, è una cosa che fa quasi paura, no? Fino a qualche mese prima eravamo amici dei tedeschi e nemici degli inglesi, e adesso di colpo eravamo diventati nemici dei tedeschi e amici degli inglesi.

La guerra non era finita un bel niente. Anzi da allora ci sono stati più bombardamenti; e a vivere si fa più fatica di prima, così almeno dicono la mamma e il papà.

In certe cose, però, mi sembra che non ci siano stati troppi cambiamenti; avevano detto, per esempio, che le scuole non le avrebbero riaperte, poi invece tutto è stato regolare, o quasi. Solo, in quest'anno passato, i professori non hanno parlato più di niente, mentre prima, se non tutti i giorni, spesso ci parlavano della guerra, ci facevano prediche eccetera. Quest'anno, niente. Soltanto quello di lettere, un paio di volte, quando facevamo un po' troppa cagnara, ha detto: «Ragazzi, sono momenti tremendi per tutti; cercate di essere almeno un po' seri.»

Davvero quest'anno, a scuola, non è più stato come prima. In un paio di classi del Liceo, per esempio, si sono presi a pugni fascisti e antifascisti. Mi hanno detto che qualche professore non s'è fatto più vedere e non si sa dove sia andato. Silvio, che ha il papà socialista, ha detto più d'una volta: «Ragazzi, state attenti a come parlate, perché ci sono in giro delle spie.» Sarà stato vero? Non lo so; ma, sul serio, quasi non riesco a credere che siano già passati otto mesi da allora.

*

*9 giugno*

Stamattina siamo andati all'imbarcadero, speravamo di cominciare a verniciare la barca dello zio di Silvio, ma la vernice non è ancora arrivata. Sembra che in città non se ne trovi, e bisognerà aspettare che arrivi da Milano. Comunque, abbiamo cominciato a lavorare, perché prima di verniciarle, le barche, bisogna pulirle bene e raspar via la vernice vecchia.

C'erano Silvio e Piero, e gli ho detto che sono passati otto mesi dall'8 settembre; prima non ci hanno fatto caso, ma poi, mentre si lavorava, Silvio ha detto che non sappiamo bene quello che succede, perché è troppo complicato, e c'è chi dice una cosa e il contrario; per Piero invece, tutto è semplicissimo: in Alta Italia comandano i tedeschi, in Bassa Italia gli inglesi e gli americani. «E noialtri italiani?» ha chiesto Silvio; Piero ha risposto che qui i fascisti aiutano i tedeschi, e là i monarchici aiutano gli inglesi.

Io sono stato zitto; e anche se quello che dice Piero mi sembra un po' troppo semplice, è vero che l'Italia è divisa in due. O magari anche in tre, perché per esempio, sulle nostre colline e sulle montagne, si sa che si sono formate delle bande di ribelli, che fanno guerra ai tedeschi e ai fascisti. Vengono chiamati partigiani e, a sentire quello che dicono, non sono monarchici. Non so. Comunque, non ne abbiamo più parlato, e siamo andati avanti a raschiare la barca.

*11 giugno*

Niente di speciale: tutta la mattina all'imbarcadero, a raschiare e a ripulire la barca. Verso mezzogiorno sono passati degli aerei, altissimi però: le strisce bianche si vedevano appena. Lo zio di Silvio, che era venuto a vedere come va la verniciatura della barca, ha detto che quegli aerei andavano probabilmente a bombardare la Germania. Ha detto che partono dalla Tunisia, sorvolano l'Italia, bombardano, e poi atterrano in Inghilterra. Non so se crederci.

*12 giugno*

C'è una bruttissima notizia, e me l'ha data Maria Pia (l'amica del cuore di Matilde: a me, a dire la verità, è poco simpatica): quell'ex ufficiale di Marina ha telefonato che, purtroppo, il sommergibile Ferrucci, quello dello zio Antonio, non è rientrato alla base, cioè a La Spezia; e quando di un sommergibile si dice “non rientrato alla base”, vuol dire che è stato affondato. Non c’è più nessuna speranza, allora. Povera Matilde. Che cosa le dico, adesso?

*13 giugno*

Nessuna notizia di Matilde. Non so che cosa fare. Non ho il coraggio di telefonare. Sono andato sotto la sua casa, sperando che scendesse, non s’è vista. Che faccio?

*Più tardi*

M’è successa una cosa che non avrei mai potuto nemmeno immaginare: ho visto i mongoli. Lo scrivo sul diario, perché mi sembra una cosa da non credere. Invece è vera.

Ero andato con Silvio all’imbarcadero, e quando siamo tornati sulla strada dell’argine, più o meno in quella zona dove c’è stato il mitragliamento, prima abbiamo sentito un rumore di zoccoli, e poi fuori da una curva abbiamo visto venire avanti una ventina di soldati a cavallo. Non se ne vedono più da molto tempo, siamo rimasti là a guardarli, e subito Silvio ha detto: «Guarda la divisa, non è tedesca; chi saranno?» e quando ci sono stati vicini (noi ci eravamo fermati sotto un albero), abbiamo visto che avevano la faccia d'un colore giallo scuro, e occhi piccoli, stretti, a mandorla.

Ci hanno guardato, sono passati via e chissà dove andavano. Erano a cavallo, ma avevano un'aria triste e misera.

Non so se dovrei dirlo, ma per un po' non siamo stati nemmeno capaci di parlare. Avevamo avuto paura; ma no, non proprio paura: era stata sorpresa, perché di soldati ne avevamo visti molti, ma fino a quel momento, nessuno che fosse mongolo. Che fossero mongoli non potevamo certo immaginarlo: avevamo visto subito che non erano europei, questo sì. Abbiamo saputo tutto appena tornati in città.

Ci hanno detto che era arrivato da due o tre giorni un battaglione di mongoli, e l'avevano messo alla caserma Principe Umberto (adesso non si chiama più così, si chiama Ettore Muti). Un tale che era stato a vedere, ha raccontato che attorno alla caserma hanno messo dei rotoli di filo spinato, e dietro ci sono quei mongoli, con fucile e con una mitragliatrice.

Fa un po' impressione che in Italia ci siano anche i mongoli. Ci sono venuti in mente quei tempi delle invasioni dei barbari, Attila eccetera. Siamo andati dal giornalaio di piazza Piccola, che sa sempre tutto, e ci ha detto che quei mongoli erano soldati dell'esercito russo: i tedeschi li hanno fatti prigionieri, poi li hanno riarmati, e li usano per la guerra contro i partigiani. Se sono qui, ha detto ancora il giornalaio, vuol dire che si prepara un gran rastrellamento qui sulle nostre montagne.

*15 giugno*

Abbiamo parlato, ieri, del lavoro che faremo quando saremo grandi. L'unico ad avere le idee chiare è Silvio, ma per lui è facile: andrà avanti con l'officina meccanica di suo padre. Carlo avrebbe voluto far la carriera militare, ma con quello che è successo, ci sarà poco da fare la carriera militare: ha detto che vedrà, non gli spiacerebbe per esempio andare nella Marina Mercantile. Io, non so, ci ho pensato diverse volte, non so. Non vorrei fare l'impiegato di banca, come papà, o il rappresentante di commercio come lo zio Luigi. Forse mi andrebbe bene fare il professore, se insegnassi al Ginnasio, per esempio, non sarei troppo severo. Non so però se a Matilde piacerebbe. Piero invece farà probabilmente l'avvocato, come suo padre. Quello che conta, in ogni modo, è trovare un lavoro; questo però di sicuro non ci mancherà.

*24 giugno*

Non ho scritto per nove giorni; non avevo voglia di scrivere; però, il diario, o lo tengo o non lo tengo, quindi o lo butto via o scrivo. No?

La vita è andata avanti come al solito, ma è ormai da una settimana che si fa il bagno, perché il tempo è bellissimo e caldo. C'è molta gente sulle spiagge del fiume, e non soltanto ragazzi; abbiamo visto anche una insegnante della III A, e lei ci ha detto: «Che volete, ragazzi, gli anni passati andavo in riviera, adesso vengo qui.»

La barca dello zio di Silvio è pulita e pronta, ma non abbiamo ancora la vernice, o almeno, quella che è finalmente arrivata da Milano è azzurra, mentre lo zio di Silvio la vuole bianca. Dice che la barca, lui, l'ha sempre avuta bianca. Si vedrà.

Matilde, non l'ho ancora vista. Non ho nemmeno avuto il coraggio di telefonarle, perché quando risponde sua madre ha sempre un tono seccato, severo. Se sapesse che usciamo insieme, chissà che cosa succederebbe.

C'è un allarme aereo al giorno, certe volte anche tre o quattro al giorno. Le sirene continuano a suonare, e c'è gente che non ci bada più e non scende più in rifugio, cioè in cantina. Tanto, dicono, è inutile, e se bombardano, si rischia di restar sotto le macerie della casa e di fare la fine del topo. Dicono che a Genova e a Torino molta gente è morta così.

*25 giugno*

Ieri ho scritto dei rifugi e della gente morta sotto le macerie delle case, e stanotte hanno bombardato Milano. È stato terribile. Chissà perché, quando le sirene hanno dato l'allarme, ho sentito che non era come le altre volte, e che sarebbe accaduto qualcosa di brutto. Devono averlo sentito anche gli altri, perché la gente della casa era tutta sulle scale, ed è scesa in cantina in gran silenzio, mentre di solito parla, e certe volte scherza, anche. Io però non sono sceso in cantina e anche se la mamma mi chiamava, sono stato sotto il portone col papà e un paio di altri uomini.

Le sirene suonavano ancora, e s'è sentito il rumore degli aerei: dovevano essere moltissimi, perché sembrava che l'aria tremasse; e dopo un po' s'è fatto sentire il rimbombo del bombardamento. Non era la prima volta che lo sentivo, perché già hanno bombardato Milano: ma mai i colpi sono stati così forti e anche vicini. A ogni colpo, mi sentivo stringere il cuore: non per paura, la paura non c'entra, deve essere solo per l'emozione. Bisogna sentirli, quei colpi, per capire che cosa sono.

Sembrava che le bombe cadessero sulla nostra città, non su Milano, e si sentivano anche delle specie di fischi: erano le bombe che tagliavano l'aria, ha detto il papà; e siccome un nostro vicino ha mormorato: «Ma sono a più di trenta chilometri» papà ha risposto: «Sì, ma gli aerei sganciano poco lontano da qui, quasi sulle nostre teste.»

Mi sono accorto, mentre il papà parlava, di tremare un po', come per il freddo, ma non era il freddo. A un certo momento, il cielo è diventato tutto rosso. Ci si vedeva benissimo, anche se era notte.

Il rumore era terribile. Nessuno parlava, nessuno si muoveva. Io guardavo quelle nuvole rosse, che sembravano grandi fiammate, ma non m'è venuto in mente neppure per un minuto di scendere in cantina.

Non so quanto è durato. Continuavo a tremare, ma adesso avevo davvero anche freddo. Il papà se ne è accorto e mi ha detto: «Vai pure su, in casa, Nino. È finito.» Infatti non si sentivano più le bombe. Ho aspettato un po', poi sono salito e mi sono messo sul letto.

Non mi sono addormentato subito, però. Chissà perché, tremavo più di prima. Pensavo che in quei momenti, a Milano c'erano dei ragazzi come me che magari morivano.

*26 giugno*

La radio ha detto che a Milano ci sono stati molti morti, più di mille, e che cinque aerei inglesi sono stati abbattuti. Dei morti, si può essere sicuri; ma degli aerei abbattuti, no. Ormai lo so anch'io.

*Più tardi*

Già al mattino, e più ancora nel pomeriggio, sono arrivati in città moltissimi milanesi; certi hanno perso la casa, e sono venuti dai loro parenti, molti altri sono sfollati, perché hanno paura di nuovi bombardamenti. Piero mi ha detto che alla stazione c'era una gran folla, e grandissima confusione; e sono arrivati i militi che più con le cattive che con le buone hanno spinto molta gente nelle strade vicine. La gente protestava, e loro gridavano: «Ma non vedete, bestie, che se vengono a mitragliare, fanno una strage?»

*27 giugno*

Ancora profughi da Milano; quasi tutti vanno in campagna. Qui si fermano in pochi.

Quest'oggi, a parte gli sfollati, ho visto una cosa straordinaria: cinque automobili, una dopo l'altra! Ma non automobili militari: erano, non so come dire, macchine normali, borghesi, insomma. Una cosa simile, cinque automobili una dopo l'altra, non s'era mai vista in città. In città, di automobili non militari ce ne saranno quindici o venti, di professori dell'ospedale o di qualche riccone. Molta gente s'è fermata sui marciapiedi a guardare; però subito sono arrivati quelli della Guardia Repubblicana e ci hanno fatto andar via.

Erano macchine tutte nere, con i parafanghi pitturati di bianco, come al solito. Davanti e dietro c'erano dei soldati tedeschi in motocicletta. Le macchine hanno attraversato la piazza, e sono andate a fermarsi davanti alla Prefettura. Ho visto benissimo. Sono scese delle persone, certe in divisa e certe no, sono entrate nella Prefettura: a questo punto quelli della Guardia ci hanno fatto andar via.

Qualcuno diceva che doveva essere arrivato un ministro o un generale, o qualcosa del genere, perché non si muovono cinque automobili per niente; e diceva anche che c'era da sperare che non si fermasse in città. Il pericolo, diceva altra gente, era che arrivassero gli aerei a bombardare, come pare abbiano fatto a Treviso dove, non so se sia vero o no, c'è stato un grande bombardamento con moltissimi morti perché gli aerei cercavano di colpire proprio un generale o un ministro eccetera.

*Più tardi*

Per fortuna, s'è saputo che dopo un paio d'ore quelle cinque macchine sono partite e sono andate in direzione di Milano.

*

*29 giugno*

Giorno bellissimo, non per il tempo, che è un po' nuvoloso e ventoso, ma perché finalmente ho visto Matilde. Ci siamo trovati alla solita chiesetta di San Giovanni e in bicicletta siamo andati nel bosco Gravellone. Era da tanto che non mi sentivo così felice.

Ha perso un po' di peso, ma è sempre bellissima. Non credo che ci sia un'altra ragazza bella come lei: se ce ne è qualcuna, chissà dove si trova. Ci siamo seduti al nostro posto sulla riva del fiume, sotto gli alberi, lei mi ha detto ancora di quel suo zio sommergibilista, poi però abbiamo cambiato discorso.

Abbiamo parlato dei tempi in cui d'estate si andava a far vacanza in campagna. Lei andava in montagna a Pontedilegno, io invece in riviera a Varazze, ma non mi piaceva. I suoi cugini, mi ha detto, a Pontedilegno ci andavano anche d'inverno, a sciare, perché erano molto ricchi. Certo, deve essere bello sciare, ma noi non potremo mai farlo. A un certo momento Matilde mi ha chiesto:

«Quando sarà finita la guerra, e si potrà andare ancora in vacanza, verrai a Pontedilegno con me?» e io ho risposto:

«Ci vengo anche a piedi!» Lei si è messa a ridere, ma è vero, andrei anche in ginocchio, pur di stare con lei.

Stavamo parlando, quando si sono sentiti gli aerei; Matilde si è coperta la faccia con le mani e non ha detto più nulla. Le ho messo un braccio attorno alle spalle, e dopo un po' siamo tornati in città.

*Più tardi*

Adesso mi piacerebbe riuscire a descrivere il rumore degli aeroplani, di quelli che bombardano, cioè, non dei caccia, che invece vengono a mitragliare. Il rumore dei caccia è spaventoso, l'ho già scritto sul diario, e lo senti d'improvviso. Quello dei bombardieri è invece diverso. Lo senti a poco a poco. Prima non è nemmeno un rumore, è soltanto come una impressione: è come se si sentisse qualcosa che non va, che non c'entra: per un momento, non si riesce a capire che cosa sia. Solo per un momento, però: poi, si sa benissimo cos'è. Se si sta parlando, si smette. Ci si guarda senza dir più niente, e in un minuto o due il rumore si fa più forte. Viene dall'alto, naturale: dall'altissimo, voglio dire, è una specie di *vvv-vvv-vvv* che va e che viene. Si guarda il cielo, si vedono delle strisce bianche, lunghissime, una vicina all'altra: sono gli aerei. Dicono che sono lunghi quasi trenta metri, e larghi ancora di più. Non so se crederci. Certo che, quando li senti e li vedi, ti vengono addosso paura e tristezza insieme.

Chissà, penso certe volte, come si vede la terra, da lassù, come la vedono i piloti, gli aviatori. Devono vederla chiaramente, se bombardano, per esempio, un ponte. Essere un aviatore, essere lassù nel cielo, deve essere bello, credo. Fossi un pilota, vorrei essere sugli aerei da bombardamento, non sui caccia. Penso ogni tanto a quel caccia che ha mitragliato il carro. Non vorrei mai essere costretto a fare una cosa del genere. Si capisce, anche i bombardieri fanno dei morti, e anche di più che i caccia; ma, almeno, non stanno lì a mirare a un povero contadino e al suo cavallo.

*1° luglio*

Siamo andati a pescare, oggi pomeriggio, in un certo fosso che Piero conosce bene, a due o a tre chilometri dalla città. Eravamo lui, io, e Carlo, perché Silvio doveva andare non so da quale parente. Abbiamo sistemato le canne, e dopo un po' i pesci hanno cominciato ad abboccare che era una bellezza. Solo cavedani e arborelle, però, neanche una tinca.

Tutto andava bene, solo eravamo un po' preoccupati, perché è proibito pescare in quel posto: è una riserva, e nessuno di noi ha la licenza. Io e Carlo no, ma Piero era molto agitato, continuava a guardarsi attorno, e a dire che se saltava fuori il guardapesca, erano pasticci. Insomma, a un certo punto loro due hanno deciso di cambiar posto e di andare un po' più in su, nel bosco; io sono rimasto invece dov'ero.

Avevo preso ancora un paio di cavedani, quando a un certo momento sento una voce: qualcuno cantava, e stava arrivando in bicicletta, sentivo bene il rumore delle ruote e dei pedali: mamma, ho pensato, questo è quel rompiscatole del guardapesca!, e mi sono affrettato a mettere insieme le mie cose per scappar via. Ma non era il guardapesca.

Era un soldato tedesco; veniva in bici sul sentiero, fuori da un boschetto. Quando mi ha visto, ha smesso di cantare e ha frenato con i piedi.

Siamo rimasti lì, io e lui, senza sapere che cosa dire, che cosa fare. Non che avessi paura, ma mi sembrava strano che un soldato tedesco se ne andasse così, da solo, in bicicletta, senza fucile; e non mi ero mai trovato davanti a un tedesco così, faccia a faccia. Ho pensato che forse aveva preso il posto del guardapesca...

Ma lui è sceso di sella, è venuto avanti con la bicicletta a mano (era una vecchia bici da donna), mi ha sorriso, strano, come se mi avesse già visto, non so capire. Poi mi ha fatto un cenno: «Pescare?» ha chiesto, e si è messo a sorridere. Era robusto, abbastanza giovane, e biondo come sono tutti i tedeschi, quasi tutti, cioè. Aveva addosso quell'odore dei soldati, di non troppo pulito.

Al momento non ho saputo cosa dire e sono stato zitto; lui ha guardato il secchiello con dentro i pesci e ha fatto un fischio: «Che quanti pesci!» ha detto; questo modo di parlare mi è sembrato buffo, ho sorriso un po'. Lui allora fa: «Io so non molto italiano. Difficile, italiano» poi indica la canna: «Potere?» dice, e siccome faccio segno di sì, controlla l'amo, si siede, mi fa segno di sedergli vicino e si mette a pescare: e guarda lì, prende subito una tinca di quelle grosse. «Bravo» dico.

L'ha staccata dall'amo con molta abilità, l'ha

messa nel secchiello: «Stasera buon mangiare» dice; era contentissimo, ha detto delle parole che non ho capito, ha attaccato l'esca e buttato ancora la lenza.

Piero e Silvio sono tornati in quel momento; hanno visto il tedesco seduto in riva al fosso, si sono fermati e mi hanno guardato, come a chiedermi che cosa succedeva. Ho fatto un segno, a rispondere che non potevo farci nulla; intanto il tedesco li vede, e dice forte: «Ah, altri pescatori, va male per i pesci, ah ah!»

Loro si sono avvicinati, diffidenti; e stavamo a guardare quel tedesco che pescava (e parlava da solo, diceva cose che non capivamo), quando si sentono passi pesanti dalla stradina, e arriva proprio il guardapesca, proprio lui. Era un tipo magro, vecchio, con la faccia scura, e appena ci vede, fa una smorfia e grida: «Eh, voi!, che cosa fate lì?, è proibito, è riserva, qui, lo sapete o no?» e viene avanti a grandi passi. Ho avuto voglia di scappar via, e anche tutti gli altri, credo. «Fuori la licenza!» grida ancora il guardapesca, con tono, devo dirlo, che più villano non si poteva; ma ecco che vede il tedesco, e si ferma di botto, e non dice più niente. Il tedesco lo guarda, gli dice qualche parola nella sua lingua, gli fa una domanda, mi pare. Il guardapesca non risponde, il tedesco gli fa un'altra domanda; lui allora ci guarda storto, alza le spalle e se ne va.

*Più tardi*

Ricomincio da quando il guardapesca ha visto il tedesco e se ne è andato: che sospiro tiriamo! E intanto, il tedesco prende un altro pesce, e poi mi restituisce la canna. Ha sorriso, detto qualche parola che non abbiamo capito, si è seduto sull'erba, sembrava molto contento. Ha tirato fuori di tasca del cioccolato e ce l'ha offerto. Piero ha detto: «No, grazie» e non ne ha preso, ma io e Carlo, sì. Ho pensato che era da maleducato dire di no, e poi era da chissà quanto tempo che non mangiavo del cioccolato. Era amaro, buonissimo.

Insomma, quel tedesco è stato lì un po' con noi; parlava l'italiano abbastanza bene, ci ha detto che era in licenza per tre ore, che la bicicletta era del suo tenente: «Però non è una donna lui» ha avvertito ridendo; e che adesso il suo battaglione si sarebbe fermato per un po' in città. Noi non sapevamo che cosa dire. Ci ha guardato a uno a uno. «Come chiamate?» ha chiesto; gli abbiamo detto i nostri nomi, e lui si è messo un dito sul petto: «Io, Franz» ha detto, facendo segno di sì e sorridendo. Ah, una cosa strana. Quando ho detto che mi chiamo Nino, lui ha domandato: «Non Giuseppe?» Ho fatto segno di no, un po' sorpreso: lui ha sorriso, per poco, però. È subito diventato serio, quasi triste anzi, ha detto piano qualche parola che non abbiamo capito, e poi: «Speriamo tutto finisce presto.»

Si alza: «Devo andare. Arrivederci, Nino.» Chissà perché ha detto solo il mio nome e non quello di Carlo e di Piero; poi prende la bici, poi fa un cenno di saluto e se ne va.

Rimaniamo un po' sorpresi, lo guardiamo andar via. Poi Piero dice: «Ragazzi, ora di sicuro torna il guardapesca. Via tutto, e a casa in fretta!» Prendiamo canne e secchiello, poi sulle bici e pedalare, dalla parte opposta a quella presa dal guardapesca rompiscatole, e così è finito il nostro giorno di pesca.

*2 luglio*

Ho pensato a ieri. Tornando in città, per un po' non abbiamo parlato; poi Piero ha detto: «Mi spiace dirvelo, ma avete fatto male a prendere il cioccolato.»

Ho chiesto: «E perché?»

«Perché quello era un soldato tedesco, e i tedeschi sono nemici e dai nemici non si prende niente.»

Io ci sono rimasto male e non ho detto niente; ma Carlo ha risposto: «Sarà un nemico, ma se non c'era lui, il guardapesca ci dava la multa e ci requisiva le canne. Sì o no?»

«Questo non c'entra» dice Piero; e Carlo: «Senti, per piacere non rompere le scatole» e secondo me aveva ragione, perché Franz era un soldato tedesco, sì, ma sembrava un bravo giovanotto, e probabilmente lo era, ed è stato molto gentile a darci il cioccolato. In ogni modo, è stato il primo tedesco con il quale ho parlato. Mi sento un po' preoccupato, però. Chissà perché. E chissà, anche, perché quando gli ho detto che mi chiamo Nino, lui mi ha chiesto: «Non Giuseppe?» E perché dovrei chiamarmi Giuseppe?

*4 luglio*

È venuto a casa nostra, verso sera, il figlio di un collega del papà, un ragazzo di Cremona, grande, grosso e allegro. Era in divisa da soldato; portava i saluti di suo padre, e papà è stato molto contento e gli ha fatto festa. La mamma gli ha chiesto se aveva mangiato, lui ha risposto di sì, e lei gli ha offerto allora un bicchiere di vino.

Si chiama Giovanni, è bersagliere, ed è in città solo di passaggio. Viene dalla Germania, ha detto, dove è stato sei mesi in un campo militare: «Chissà come sarete stati male» ha detto la mamma. «Ma no» ha risposto lui, «noi militari ci trattavano bene. Guardi, signora, meglio che qui. Qui, per esempio, gli ufficiali si danno troppe arie.»

Il papà ha chiesto: «Di che divisione sei?» e Giovanni: «Monterosa.»

«Ma voi» ha detto ancora il papà «siete due fratelli, no?, mi ricordo anche che dovete avere un anno di differenza d'età, o sbaglio?»

«Non sbaglia, ragioniere, Giulio ha quattordici mesi più di me.»

«È anche lui sotto le armi?»

A questa domanda, Giovanni ha fatto una specie di smorfia, ha abbassato la testa, l'ha alzata e ha cercato di sorridere, ma era serio in volto, e sembrava molto imbarazzato. La mamma mi è sembrata preoccupata e ha guardato il papà che, come per cambiar discorso, subito ha chiesto: «E tuo padre è stufo come me di lavorare in banca, o ha ancora l'entusiasmo di una volta?»

«Be', papà è un po' stufo, sì» ha risposto in fretta Giovanni; e poi, fa vedere di non voler cambiare discorso: «Per mio fratello, Giulio dico, no, non è sotto le armi. Non è di sicuro nella Monterosa, cioè. Non so che cosa gli è saltato nella testa. È... ma sì, è andato in montagna.» Non ho capito perché il papà e la mamma si sono ancora guardati; e Giovanni dice: «Sì, si è messo con i partigiani. Non so perché. Deve essere in Valdossola, o da quelle parti.»

C'è stato silenzio; qualcosa proprio non andava e adesso avevo capito. Non è passato nemmeno un minuto, che Giovanni si alza e fa: «Bene, ragioniere, ora devo proprio andare. Signora, grazie per il vino. Era buonissimo. Là in Germania, non si beveva che birra.» La mamma ha sorriso: «Spero che tu torni a trovarci, Giovanni.»

«Grazie, e verrei volentieri» ha risposto lui «ma vede, sono qui di passaggio con il mio battaglione, e domani ci portano in zona operazioni...» Ancora silenzio; e poi Giovanni dice, a bassa voce e un po' triste: «Spero solo che non ci mandino in Valdossola. Arrivederci, signora, arrivederci ragioniere» e a me: «Ciao, tu.»

Così se ne è andato. Siamo restati male. La mamma ha detto: «Ma che mondo è mai questo, dove due fratelli devono farsi la guerra tra di loro?» Il papà ha fatto segno di no, come a dire che non capiva: «Non so, non so» ha mormorato. «Il loro padre, Carlo, il mio collega, voglio dire, non era né fascista né antifascista. Era uno come me, come gli altri. I figli li ha tirati su alla stessa maniera, e bene, mi pare, sono tutti e due diplomati. E adesso, guarda il destino: uno è di qui, l'altro è di là.»

L'ultima a parlare è stata la mamma: «Speriamo almeno che non lo mandino davvero in Valdossola.»

*5 luglio*

Oggi siamo andati a fare una partita di calcio, nel campo della società sportiva Alacres. Ci siamo divertiti. Come sempre ho giocato in porta e ho fatto un paio di parate bellissime: una soprattutto, con un gran tuffo proprio sui piedi dell'attaccante, e a momenti mi prendevo un calcio in faccia. Tutti hanno detto che è stata una parata da vero portiere, da campionato, cioè.

Stavamo giocando, ed è venuto al campo un certo ragionier non-mi-ricordo-più-il-nome, che per un po' è stato lì a guardarci, e alla fine della partita ci ha detto che andiamo molto bene, e che ha intenzione di mettere insieme una squadra perché, come fa ogni autunno, anche quest'anno vorrebbe organizzare un torneo tra i rioni. Ha detto che però, per fare una squadra, ci vuole una divisa, cioè maglie e calzoncini eguali: i calzoncini possono anche essere diversi, ma le maglie no. E come si fa? Chi riesce a trovare maglie tutte dello stesso colore?

*Più tardi*

Sono tornato a casa, e la mamma mi ha detto che è contenta che io faccia dello sport, ma che devo stare più attento alle scarpe; sono già da risuolare, e non devo sciuparle giocando troppo al calcio. Mi ha detto che, forse, a Natale, me ne compreranno un paio di nuove, ma che intanto devo aver molto riguardo per queste. Ci sono rimasto un po' male, ma poi ho pensato che è giusto. Anche Silvio e Carlo, quest'oggi, erano un po' preoccupati per le scarpe: Piero no, perché ne ha due o anche tre paia, fortunato lui; ma è molto ricco. In fondo, quel campionato, meglio non farlo. A proposito di Piero, dopodomani si vanno a trovare i suoi zii nella loro cascina.

*8 luglio*

Dovevamo farla ieri, la gita, e invece l'abbiamo fatta oggi. Siamo andati in bici alla Cascina Mascherpa, quella degli zii di Piero, i fratelli di suo papà. Due ore di bici. Gli zii di Piero sono uomini un po' rustici, è vero, ma sono stati molto gentili: ci hanno fatto gran festa. Avevano preparato una tavola sotto un portico, ci hanno portato del pane bianco (mai sentito un odore più buono!) e del salame: buonissimo! Abbiamo anche bevuto un po' di vino.

Ci hanno fatto poi vedere la cascina: è grande, pulita, ordinata, molto diversa da quella dell'amico di papà; ha una enorme stalla, due o tre pollai, due porcili, dei laboratori per il formaggio, eccetera. Ci hanno mostrato la carrozza con la quale andavano in giro, e venivano anche in città; adesso non la usano più, perché i tedeschi hanno sequestrato i cavalli.

È stata una bellissima giornata, anche se alla fine eravamo un po' stanchi. Quando ci siamo rimessi in bicicletta per tornare a casa, ci hanno dato un sacchetto di riso: a me, a Silvio e a Carlo, dico; non a Piero, che è loro nipote, e che ha rifornimento continuo.

Ho capito benissimo perché, qui in città, la gente parla male dei fittavoli e anche dei contadini. Perché da noi, nei negozi non c'è niente, o quasi; loro invece, tra campi, polli, mucche, l'ortaglia, maiali e tutto il resto, hanno tutto quello che vogliono, da mangiare e anche da vendere. In più, non hanno allarmi aerei e pericolo d'essere bombardati. Beati loro.

*9 luglio*

Devo segnare sul diario una cosa che m'è successa ieri alla cascina. Eravamo seduti davanti alla cascina, quando è successa una cosa strana: è venuta a fermarsi vicino a noi una carrozzella con ruote da bicicletta, e a tirarla era un cane lupo. C'era su un uomo che, si vedeva subito, non aveva le gambe. Siamo rimasti lì senza saper che cosa dire. L'uomo aveva un'aria un po' selvatica, ma sorrideva, ci ha salutato, insomma era abbastanza simpatico. È uscita dalla cucina una zia di Piero, hanno parlato, naturalmente in dialetto, si sono messi a ridere; poi la zia è entrata in casa ed è tornata con un bicchiere di vino, una bottiglia e un pacchetto. Quello strano uomo ha bevuto il vino, ha preso la bottiglia e il pacchetto, ha ringraziato, sono stati lì ancora un po' a parlare, poi lui ha detto qualche parola al cane, che s'è messo a correre; e sono andati via.

Ho chiesto: «Chi era?» e la zia ha risposto: «Un povero ragazzo, non hai visto?» A me non era proprio sembrato un ragazzo, e ho chiesto ancora: «E come mai non ha le gambe?» Lei mi ha guardato molto seria e piano ha detto: «Le ha perse in guerra. Non in questa guerra» mi ha spiegato e poi, «in quell'altra. È da più di vent'anni che se ne va in giro con quel carrozzino, poveretto; e ha sempre paura che il cane gli muoia. È dal millenovecentodiciotto che è in quelle condizioni; e pensare che prima era un bel ragazzone robusto a forte.»

Dal millenovecentodiciotto! Da venticinque anni fa, da undici anni prima che io nascessi! Poveruomo! Era andato in guerra sano e robusto, ed era tornato così!

*

*Più tardi*

Apro ancora il diario perché ho pensato ancora a quell'uomo senza gambe e in carrozzella; e anche a certe altre cose che mi sembra giusto scrivere: e cioè, che se la Prima guerra mondiale è cominciata nel 1915, e il papà è nato nel 1898, al principio della guerra aveva diciassette anni: come dire due più di me. Non ci si scappa: dal milleottocentonovantotto al millenovecento, due anni; dal millenovecento al millenovecentoquindici, quindici: totale diciassette. Quindi il papà è andato in guerra a diciannove anni, e quindi era non proprio un ragazzo come me, ma quasi, e certo giovane, o magari anche molto giovane. Non riesco a immaginarmi il papà a diciannove anni. Neanche la mamma, riesco a immaginarmi a diciannove anni, sarò scemo, ma è così.

Un'altra cosa, ho pensato, cioè che se la Prima guerra mondiale è finita nel 1918 e questa seconda è cominciata nel 1939, la pace è durata soltanto ventun anni, e anche qui non ci si scappa.

*11 luglio*

Ho visto Matilde, siamo andati nella parte vecchia della città, in quelle stradine strette e buie, che a me piacciono molto, a lei un po' meno. Certo, adesso che c'è l'oscuramento, che non ci sono più lampioni e che è proibito tenere le finestre illuminate, a notte qui deve essere un buio terribile. Ho detto a Matilde di quella faccenda del papà, in guerra a diciannove anni; e del fatto che la pace è durata ventun anni soltanto. Mi ha risposto: «No, ventidue, perché questa guerra è cominciata nel '40, non nel '39.»

Le ho detto allora: «Sì, l'Italia è entrata in guerra nel '40, ma le altre nazioni erano già in guerra nel '39. Dieci anni dopo che sono nato io.»

Lei l'ha presa sul ridere e ha risposto: «Ecco, vedi? Vieni al mondo tu, e scoppia la guerra mondiale!»

*12 luglio*

Stamattina hanno ucciso un uomo per la strada. Non si sa chi sia stato. Io non l'ho visto, ma Carlo sì, anche se da lontano. Era sul marciapiede di via Rossini, tutto sporco di sangue, e con la faccia all'ingiù. Carlo voleva andare più vicino, ma la strada era sbarrata da quelli della Guardia Repubblicana che non lasciavano passare nessuno.

Ci sono rimasto. Ho come sentito di dentro un gran silenzio. Mai provata una cosa simile. Siamo poi andati dalle parti di via Rossini; c'erano ancora i militi, e anche due automobili con sopra degli uomini armati ma senza divisa. Tutti i negozi della zona sono chiusi. Chiusi anche i portoni e le finestre, e a vederli così abbiamo sentito il bisogno di tornare a casa. Per le strade c'era pochissima gente, quasi non si sentivano rumori e, strano, mi sembrava di respirare come un'aria fredda.

A tavola, in casa, il papà e la mamma quasi non hanno parlato; la mamma ha chiesto: «Ma chi era? Lo conoscevi?» e il papà ha risposto: «No, ma mi hanno detto che era un fascista di quelli convinti, di quelli duri.»

La mamma ha mormorato allora: «Ucciderlo così, per la strada!» e il papà: «I tempi sono quelli che sono, e adesso ci sarà da stare ancora più attenti. Che facciano qualche rappresaglia, è sicuro. Tu, Nino» e mi ha guardato, «vedi di non andare troppo in giro.»

Gli ho chiesto: «Che cos'è la rappresaglia, papà?» e lui: «Una specie di vendetta di guerra. Tu mi dai un calcio, io te ne do due: se non a te, a un tuo parente, o a un tuo amico.» E poi: «Tu uccidi uno dei miei, io uccido due dei tuoi. O anche tre. O dieci.»

Io e la mamma non abbiamo più saputo che cosa dire.

*13 luglio*

Oggi ci sono stati i funerali dell'uomo ucciso in via Rossini. Io naturalmente non sono andato a vedere, ma Silvio, che abita nel corso dove è passato il corteo, mi ha detto che c'era moltissima gente, un sacco di militi della Guardia Repubblicana e della Brigata Nera, con bandiere e gagliardetti, corone di fiori eccetera. I negozi avevano tutti le saracinesche abbassate. In piazza poi ci sono stati dei discorsi.

Nel pomeriggio sono uscito e ci siamo trovati (per poco, però, poi siamo tutti tornati a casa); c'era pochissima gente in giro, e gran silenzio. Tutti sono certi che adesso accadrà qualcosa; e abbiamo sentito un tale dire e anzi quasi gridare: «Fanno in fretta, loro, a sparare; ma poi, chi ci va di mezzo siamo noi.» Hanno tutti paura della rappresaglia.

*

*15 luglio*

Stamattina, domenica, il papà è venuto in camera mia; ero ancora in letto, ho fatto subito per alzarmi e lui mi dice: «No, no, stai pur lì. Volevo solo dirti che quest'oggi verrà qui da noi un mio conoscente, un collega che lavora a... a Bergamo, già. Starà qui per un po', non so quanto, due o tre giorni, credo; poco, in ogni modo. Lo metteremo nella tua stanza. Tu dormirai in tinello. Va bene?»

Gli ho risposto che per me andava benissimo; mi piace dormire in tinello, l'ho già fatto diverse volte. Il papà però aveva un'aria molto preoccupata e mi ha detto: «Senti, Nino, sta' attento: che quel mio conoscente sia qui in casa nostra, guarda, nessuno lo sa, e tu non lo devi dire a nessuno. Ma proprio» ha ripetuto «a nessuno.» Mi ha preso le mani, me le ha strette e ha chiesto: «Capito? A nessuno.»

Ho riposto: «Papà, ma a chi vuoi che lo dica?» E lui: «Magari a qualche tuo amico; ti può scappar detto, così, senza volerlo. Nino, guarda che è una cosa molto seria. Poi ti dirò. Ma tu promettimi che non dirai niente a nessuno.»

Ho promesso. Ma ero preoccupato anzi m'era venuta un po' di paura. Mi sono lavato e vestito, sono andato dalla mamma, e lei non mi ha lasciato nemmeno parlare: «Te l'ha detto, papà, che viene un signore, un suo collega, qui in casa?»

«Sì, mi ha detto di non dir nulla... Mamma, chi è?» ho chiesto.

«Un conoscente di papà, uno che lavora nella sua stessa banca, non qui, però. Ti raccomando di non dir niente a nessuno. Stasera ti preparo il letto in tinello.»

Anche la mamma mi è sembrata molto preoccupata. Non so che cosa pensare. Dovrò star zitto e non dirlo nemmeno a Matilde? Non so.

*Più tardi*

Quel tal conoscente che doveva arrivare, fino ad ora (sono le sei di sera) non si è visto. Oggi sono stato al campo della Alacres a giocare a calcio. Ma non mi sono divertito. Non ho nemmeno giocato bene.

*16 luglio*

Verso sera, sono andato accanto alla casa di Matilde, lei è scesa, siamo stati un po' a parlare. Anche i suoi genitori sono preoccupati per la rappresaglia. Mi ha detto che suo padre (è più vecchio di papà, deve avere almeno cinquantacinque anni) dice che siamo tornati ai tempi dei barbari. Matilde era bellissima. Forse sono un po' scemo a pensarlo, ma quando è preoccupata, è ancora più bella del solito.

*17 luglio*

È arrivato. È tardi, sono le undici; è arrivato poco fa, e chissà come avrà fatto: c'è il coprifuoco, è proibito camminare per le strade di notte. Ma insomma, è arrivato. L'ho sentito entrare, ho sentito che parlava con il papà e con la mamma, ma non l'ho visto. È andato subito nella mia stanza, e credo che la mamma gli abbia portato qualcosa da mangiare, perché l'ho sentita darsi da fare in cucina, e poi bussare all'uscio della camera.

Non capisco. Chi potrebbe essere? Ma in fondo, a me non interessa proprio.

*18 luglio*

Hanno fatto la rappresaglia. Dopo sette giorni, tra allarmi e notizie, quasi ci si era dimenticati di quello che era successo; ma ieri mattina c'è stata la rappresaglia. In via Rossini, proprio nello stesso identico posto dove avevano ucciso quell'uomo, hanno fucilato tre persone, e le hanno lasciate sul marciapiede fino a sera: mi hanno detto che era terribile vederli, quei tre morti, uno sull'altro. Chi siano, non si sa: due sono giovani, uno invece è più vecchio. Il papà ha detto che i giovani erano due renitenti, qui della città, due che non si erano presentati alle armi; il vecchio, invece, sembra che sia un milanese, arrestato cinque o sei mesi fa. Non si sa altro. Per le strade, non c'è nessuno. Guardando dalla finestra, ieri sera, non ho visto nemmeno una persona, nemmeno una: e ho guardato cinque o sei volte. Il papà ha detto: «Sembra una città morta.»

*20 luglio*

Che cosa strana! Avere in casa una persona che non sai chi è, che non hai mai visto e che non si fa mai vedere. E il papà e la mamma si comportano come se non ci fosse. A me non hanno detto e non dicono nemmeno una parola. Il papà gli porta da mangiare in stanza, sta lì un po' a parlare con lui, poi va in ufficio come sempre. Non succede nient'altro. Io naturalmente vado fuori, con questi bei giorni di sole: fa caldo, andiamo tutti i giorni in barca e a fare il bagno; ma prima di uscire e quando torno, quando sono in casa insomma, non sento niente di niente. Come se non ci fosse. No, però: ha una radio, la tiene sempre accesa, anche di notte. La tiene bassa, anzi bassissima, ma io la sento. Niente musica, solo giornali radio o roba del genere.

Non voglio far vedere di interessarmi di questo uomo, non voglio sembrare curioso e non dico niente; però non mi sembra giusto. Anche perché da quando è qui in casa, il papà e la mamma non sono più quelli di prima. Sono sempre preoccupati, parlano poco, certe volte a bassa voce. Stamattina, per esempio, parlavano tra di loro in cucina, e quando sono entrato, hanno smesso di colpo, come se avessero paura che sentissi quello che dicevano. Non è strano?

*22 luglio*

È deciso: domani si fa la gita. La mamma ha detto che mi prepara dei panini col formaggio e forse anche una frittata con le cipolle. Magnifico. Partiamo alle otto.

Oggi hanno bombardato un ponte sul Po, e il rimbombo si è sentito benissimo anche qui in città. Strano, ci siamo abituati, quasi non ce ne accorgiamo nemmeno. Hanno anche mitragliato un treno, dalla parti della Certosa; sembra che non ci siano stati morti, meno male.

*Più tardi*

L'ho visto. Mi ha anche parlato. Uscivo dal bagno, lui era lì che aspettava d'entrare, e ci siamo trovati proprio uno davanti all'altro. Io non sapevo come comportarmi, e poi gli ho detto: «Buonasera» che cosa dovevo dirgli? Lui ha sorriso un po', e ha risposto: «Buonasera, lei è Nino, vero?» ed è la prima persona che mi ha dato del lei. Ha detto ancora: «Spero di non restare qui troppo a dar disturbo» e io (anche se, devo dirlo, ero molto imbarazzato) ho risposto: «Ma no, che disturbo?» Parole un po' sceme, va bene, ma al momento non ho trovato altro. Lui è entrato nel bagno, io sono andato in tinello.

È un tipo piccolo, magro, con gli occhiali, la faccia ossuta e triste. Deve essere sì un bancario. La faccia, ce l'ha: diversa da quella di papà, ma non troppo. Chissà chi è. Prima, pensavo a un tipo strano, misterioso; adesso, chissà perché, mi fa un po' di compassione.

*24 luglio*

Ieri finalmente abbiamo fatto la nostra gita in barca; non ho scritto perché ero troppo stanco e sono caduto giù a dormire, e nemmeno, ha detto la mamma, mi sono svegliato quando le sirene hanno dato l'allarme. Il papà ha deciso di lasciarmi dormire, perché gli aerei si sentivano lontanissimi: poi infatti s'è saputo che sono andati a bombardare dalle parti di Torino. Insomma, abbiamo fatto la gita.

Il tempo era bellissimo, solo qualche nube. Carlo non è potuto venire, e dunque eravamo in tre, io, Silvio e Piero. Da mangiare, avevamo pane e formaggio, purtroppo niente frittata. Come d'accordo, abbiamo remato a turni regolari. La corrente era piuttosto forte, perché la notte prima c'era stato un gran temporale.

Non c'era assolutamente nessuno, né una barca né un pescatore sulle rive. È così che mi piace il fiume. Al momento non l'ho pensato, ma adesso penso che se ci fosse stata Matilde, sarebbe stato più bello ancora.

Abbiamo parlato poco e remato molto, e in quattro ore siamo arrivati al posto che diceva Silvio, ai Rivoni, e abbiamo capito perché li chiamano così: da un lato, la riva è bassa, con una grande spiaggia e, dietro, i boschi; dall'altro invece è molto alta, saranno almeno quindici metri, è insomma una specie di muraglia di terra, quasi rossa e piena di cespugli con fiori gialli. Ci siamo fermati, e abbiamo tirato la barca sulla spiaggia.

Sembrava davvero di essere fuori dal mondo, in un posto selvaggio, da romanzo d'avventura. Abbiamo fatto un bagno lunghissimo, poi abbiamo mangiato di grande appetito; non avevamo portato l'acqua, perché si pensava di bere quella del fiume, o di qualche sorgente lungo la riva, come si fa di solito; ma l'acqua era alta e torbida, per via del temporale, per cui, siamo rimasti con la bocca asciutta e la sete ci ha dato un po' di fastidio. Silvio allora ha deciso di fermarsi, sulla via del ritorno, in un posto che conosceva, e che si chiama Mulino della Valle. Ha detto che c'era una fontana, lì.

Così a un certo punto siamo scesi, e abbiamo

fatto un cento o duecento metri a terra, nel bosco, fino a quando non s'è vista una casa, piccola e povera, e che sembrava disabitata. Non c'era nessuna valle, e forse il mulino c'era stato, ma chissà quando.

Non avevo mai visto un posto simile: sembrava un quadro, o una illustrazione, di quelle dei libri di fiabe. C'erano dei grandi salici piangenti, dei praticelli con i fiori, dei sentieri, mucchi di legna; c'era la fontana, e abbiamo bevuto molto volentieri. Stavamo bevendo, quando s'è sentito un rumore, la porta della casa si è aperta, s'è affacciata una donna che ci ha guardato come se fossimo dei fantasmi. Sembrava spaventata ed è rientrata in casa.

Siamo rimasti lì; e io, senza nemmeno sapere perché, ho detto: «Meglio che ce ne andiamo, ragazzi.» Ma non ci eravamo ancora mossi, che è venuto fuori un uomo molto vecchio, che camminava quasi piegato in due, come se avesse la gobba. Aveva un'aria antipatica, ci ha detto delle cose, fatto delle domande in un dialetto che io e Piero, no, ma che Silvio ha capito. Non mi vergogno a dirlo, ho avuto un po' di paura: «Ragazzi» ho detto ancora «meglio che andiamo via.» Silvio ha risposto: «No, se ce ne andiamo magari pensa che scappiamo, e che eravamo venuti con delle intenzioni» e in dialetto ha parlato a quell'uomo, dicendogli che stavamo facendo una gita in barca e che eravamo venuti a bere. Al principio no, ma poi il vecchio si è messo tranquillo, e alla fine ha anche sorriso. Non aveva più nemmeno un dente, poveruomo. Ha detto, poi: «Studenti» e forse era l'unica parola che sapeva in italiano. Intanto, sulla soglia era tornata la donna, con due bambini.

Non immaginavo che potessero esserci ancora bambini così, così poveri, cioè. Erano scalzi, coperti di stracci, non dico per dire, dico proprio stracci. Nemmeno avevo visto bambini così magri e così sporchi. Continuavano a grattarsi, ci guardavano, e si vedeva benissimo che avevano paura di noi. Avevano un'aria selvatica. Il vecchio doveva essere il loro nonno, e la donna la loro mamma o forse la loro zia.

Insomma, dopo un po', Silvio ha fatto un segno di saluto, e ha detto: «Bene, buongiorno» e stavamo per andarcene, quando la donna e i bambini ci sono venuti vicino, e lei ha allungato la mano, a chiedere la carità. Ci siamo rimasti male, prima perché non ce l'aspettavamo, secondo perché non avevamo con noi nemmeno un centesimo. Ce ne siamo andati in fretta.

*25 luglio*

Continuo il diario per dire che quella povera gente del Mulino della Valle, senza volerlo, ci ha rovinato la gita, o quasi. Nel ritorno infatti abbiamo parlato poco o nulla. Non sapevamo che potesse esserci gente così povera: e qui, a poca distanza dalla nostra città che non dico sia molto ricca, ma che insomma è una città dove si sta abbastanza bene. Non solo povera, ma anche, non so come dire, fuori dal tempo; e infatti Pietro ha detto dopo un po': «Secondo me, quelli non sanno nemmeno che c'è la guerra» e forse è proprio così.

In ogni modo, è stata una bellissima gita, e quando siamo arrivati all'imbarcadero, c'era lo zio di Silvio che ci aspettava, e ci ha fatto gran festa.

*Più tardi*

Davvero, mai e poi mai avevo immaginato che ci fosse gente così. L'ho raccontato al papà; e come Piero ho detto: «Forse non sanno nemmeno che c'è la guerra» ma papà ha mormorato: «Lo sanno, lo sanno, invece; e sono così poveri proprio perché c'è la guerra» e ha spiegato che in campagna, tra i contadini, c'è sempre stata povertà, e che adesso ce ne è di più, perché i giovani sono alle armi, per cui c'è meno lavoro e meno guadagno. A questo non avevo pensato. Papà poi ha detto una cosa che mi ha molto colpito: «E con tutta la miseria che abbiamo in casa, noi italiani siamo andati a far la guerra.»

*27 luglio*

Abbiamo parlato ancora, oggi, della gente del Mulino della Valle. Silvio ha detto che la cosa che gli ha fatto più impressione, sono stati i due bambini con quei loro stracci, e il fatto che continuavano a grattarsi; a me, invece, è stata quella donna che ha allungato la mano a chiedere la carità. Ma che carità potevamo farle, noialtri ragazzi? E non vedeva che eravamo in costume da bagno, che non avevamo nemmeno una giacca, e quindi nemmeno un borsellino? Povera donna. E non era nemmeno vecchia: avrà avuto, non so, venticinque o trent'anni.

Piero ne ha parlato con suo padre, e lui ha detto che certo non c'è ricchezza, nei contadini, ma che la miseria nasce dove c'è il disordine. Sarà anche vero, non so; ma non ci sarà disordine in tutta la campagna, no?

Per me, è ingiusto che ci sia gente così povera. Possibile che si debba vivere così, a quest'epoca?

*Più tardi*

Quasi mi sono dimenticato di lui, ma se oggi è il 27 luglio, quel bancario di Bergamo, il collega del papà, è in casa nostra da dieci giorni. E non si fa mai vedere, non esce, non va a lavorare. Non so. Devo chiedere al papà o alla mamma?

*28 luglio*

Sono stato con Matilde al Bosco Piccolo, oggi pomeriggio. Era pieno di fiori, anche se non come in primavera; però nei ruscelli, sott'acqua, c'erano fiori bianchi e gialli, bellissimi. Le ho raccontato della nostra gita in barca, poi ero lì per dirle di quel collega del papà che abbiamo a casa, quando lei mi ha detto:

«Sai, tra qualche giorno arriva un mio cugino, che viene indovina da dove: dall'Africa Orientale.»

Dico: «No!» e lei: «Perché?, non lo sai che tanti italiani sono andati a vivere in Abissinia?»

Sapevo benissimo, ho risposto, che l'Abissinia faceva parte dell'Impero italiano: solo, mi sembrava strano che qualcuno venisse di laggiù, con tutta la guerra che c'è, in terra e in mare e in aria. Lei allora mi ha spiegato che questo suo cugino (non primo cugino, secondo o terzo, non so) abitava ad Addis Abeba, la capitale dell'Abissinia, era stato fatto prigioniero dagli inglesi con sua madre e suo padre e portato in Kenia; suo padre no, ma lui e sua madre, per via della Croce Rossa Svizzera, erano stati lasciati liberi e rimandati in Italia.

«Hanno fatto un viaggio lunghissimo» mi ha detto «mesi e mesi di viaggio, pensa.» Le ho chiesto se lo conosceva, quel cugino. «Mai visto» mi ha risposto «e neanche sua madre, che è arrivata qui l'altro ieri, ma che è già partita per Rovigo. Abitano là.»

A un certo momento, mentre parlavamo, si sono sentiti dei colpi, molto pesanti ma molto lontani; in principio ho pensato a un tuono, ma poi, ho capito che era un bombardamento. Ci siamo abituati, però un certo effetto lo fanno sempre. Per esempio, fino a quel momento Matilde aveva parlato, mi aveva raccontato di quel suo cugino: dopo che si sono fatti sentire quei colpi, non ha più detto niente. Siamo tornati a casa, e lei era molto triste. Avrei voluto chiederle: "Se faccio il professore ti andrebbe bene?" ma non le ho detto niente, non era il momento. E del resto, non sono proprio convinto di voler fare quel lavoro.

*1° agosto*

Stanotte ci siamo spaventati tutti: è suonato l'allarme, e ancora suonavano le sirene, quando sono arrivati gli aerei. Erano bassissimi, non li avevamo mai sentiti così sopra le teste, a parte quella volta del mitragliamento: ma allora era un aereo solo e anche un mitragliatore: questi saranno stati trenta o quaranta o cento, chi lo sa, ed erano bombardieri, quindi facevano un rumore terribile. Il papà ha detto a tutti di correre in cantina, e per farsi sentire s'è messo a gridare. Ho avuto paura, devo dirlo, e sono corso in cantina con gli altri. La casa tremava. Qui, ho pensato, adesso bombardano e distruggono la città, e m'è venuta in mente Matilde; avrei voluto essere con lei per farle coraggio. Veramente, di coraggio ne avevo poco anch'io. Però, se dovevamo morire, almeno saremmo morti insieme. Non è successo niente; gli aerei sono passati sulle nostre teste e se ne sono andati. Non s'è nemmeno sentito l'eco di qualche bombardamento. Che cosa strana è la guerra.

*2 agosto*

Pioggia e temporali. Una volta, il brutto tempo non piaceva a nessuno; oggi piace a tutti, perché ci sono meno incursioni, meno aerei e meno allarmi. Oggi, per esempio, nessun allarme.

C'è stata però una cosa che devo segnare sul diario: ho rivisto Franz, quel tedesco che avevamo conosciuto a pescare, quello che andava sulla bicicletta da donna.

Ero fermo sull'angolo del viale Vittorio Emanuele, stavo aspettando Carlo, quando passa una motocicletta tedesca, una di quelle con il carrozzino; sono bellissime, mi piacerebbe molto fare un giro su una moto di quelle. Insomma, passa via, ma dopo un po', dopo un minuto o due, torna indietro e viene a fermarsi proprio vicino a me. Devo dirlo, mi sono spaventato, ho pensato:

"Che cosa vogliono da me questi tedeschi?" ma intanto che pensavo, ho riconosciuto Franz.

L'ho riconosciuto anche se aveva l'elmetto: «Franz!» ho detto. Lui mi sorride e mi dice: «Nino, io ho visto te, e ho detto al mio camerata: che torna indietro che andiamo a salutare il mio amico Nino.»

Mi ha dato la mano, gliel'ho stretta, gli ho detto: «Come va, Franz? Sempre bene?» e lui: «Non so se bene o male, ma se ci vediamo, bene. Va bene.» S'è frugato in tasca, ha tirato fuori una mezza tavoletta di cioccolato e me l'ha data: «No, dai, Franz!» ho detto; e lui: «Che prendi, io tanto ne ho di questo!» e poi si è rivolto al suo compagno, che guidava la moto, gli ha detto qualche cosa: ho capito solo una parola, Joseph, che è un nome, Giuseppe, questo lo so, non ci vuole tanto a saperlo. Mi hanno guardato, si sono messi a sorridere, e Franz mi ha detto: «Ciao, rivederci, Nino!» E se ne è andato.

Povero Franz, s'è girato a salutarmi con la mano. E io ho salutato lui. Mi sono poi accorto che c'era della gente che mi guardava. Come se avessi fatto chissà cosa. Diranno che sono amico dei tedeschi. Si arrangino.

*

*3 agosto*

È successa una cosa strana. Cavolo, continuano a succedere delle cose strane! Ecco qui. Ero ancora in letto, cioè sul divano del tinello, quando, prima di andare in ufficio, il papà viene da me e mi dice:

«Senti, Nino, che cosa fai, oggi?» Rispondo: «Volevamo andare a giocare al pallone» e lui: «Prima, me lo faresti un favore?» Faccio naturalmente segno di sì; mi dice: «Sai quel nostro ospite, quel mio collega, quello che sta con noi, no? Bene, stamattina parte, torna a casa sua, se ne va, voglio dire. Ecco. Tu dovresti farmi un favore, io non ho tempo, oggi è giorno di mercato, lo sai, in banca c'è sempre un gran daffare, permessi d'uscita non ne posso chiedere. Insomma, dovresti accompagnarlo alla stazione.»

Tutto lì? Rispondo: «Va bene» e il papà: «Non proprio alla stazione» dice «dietro alla stazione, in via Brichetti, sai dov'è?»

Certo che so dov'è via Brichetti, ci abita Giovanni. «Ecco» ha detto papà «lo accompagni lì. Vicino all'edicola, sai dov'è l'edicola, no?, ci sarà ad aspettarvi un prete, un tipo un po' grasso. Il mio collega, se ne andrà con lui. Tutto qui.»

Non mi sembrava difficile, ma il papà aggiunge: «Ah, Nino, e poi, prima di andare a giocare, per piacere, passa da me in banca, e dimmi se per strada avete incontrato qualcuno, se il prete vi aspettava, se insomma tutto è andato bene. Non c'è bisogno che tu venga a parlarmi: mi fai un cenno, mi fai capire che tutto è andato bene. Sì?»

«Sì» ho risposto, anche se volevo chiedere chi avremmo dovuto incontrare per la strada. Non ho detto niente, però, perché se era solo quello, non sembrava una cosa difficile. Il fatto è che il papà era piuttosto emozionato, e quando è così, si vede subito. In ogni modo ho detto: «Va bene, papà, quando quel signore è pronto, lo porto in via Brichetti.»

«Guarda» fa il papà, «è già sceso. Lo trovi in strada. Ti vede uscire di casa, ti viene vicino e tu lo conduci dove ti ho detto. Non fare il corso, però, prendi qualche altra strada con meno gente. Va bene?»

Ho detto che andava benissimo; lui allora mi ha messo la mano tra i capelli e mi ha detto piano: «Sei un gran bravo ragazzo, Nino. Abbi pazienza. Poi ti dirò.»

Non ci ho capito proprio niente, non ho saputo che cosa pensare.

*

*Più tardi*

Insomma, il papà è uscito, io mi sono alzato in fretta e sono sceso. Era un po' grigio, ma non pioveva come nei giorni passati. Ero appena uscito dal portone, e quel tale mi viene vicino, si capisce che m'aspettava, e chissà da dove era saltato fuori.

Mi chiede: «È tanto lontano?» Gli dico che sarà questione di dieci minuti, e lui fa segno di sì, e mi accorgo del collo magro, come di uno che ha fame e niente da mangiare. Ci siamo messi a camminare; lui non aveva né valigia né nulla; per un po' è stato zitto, poi mi ha chiesto che scuola facevo, se ero stato promosso, le solite cose, insomma; parlava a scatti, dava l'impressione di far fatica a parlare; e intanto che parlava, continuava a guardarsi attorno, però come cercando di non darlo a vedere. Non sapevo che cosa pensare.

A un certo momento, sull'angolo di piazza Belli, incontriamo due o tre soldati tedeschi, che venivano da via Maffi; non era una pattuglia, non avevano il fucile, dovevano essere in libera uscita; lui a vederli si ferma di colpo, fa un verso strano, una specie di lamento, ma poi ricomincia a camminare, e a parlare. Io sento che la voce gli trema. I tedeschi parlavano tra di loro e sono passati senza nemmeno guardarci; ma devo dire che quel suo modo di fare mi aveva messo addosso un po' di nervosismo.

Non sapevo che cosa pensare, dico, e sono stato contento, quando siamo arrivati finalmente in via Brichetti, e ho visto che c'era un prete, fermo vicino all'edicola. Ci aspettava, certo, perché non appena ci ha visti, ci è venuto incontro, e ha fatto un cenno. Aveva l'aria di chi ha fretta, di chi è preoccupato; mi ha detto: «Ti manda tuo padre, vero?» e quando gli ho risposto di sì, lui ha detto a quell'uomo: «Venga con me, andiamo, calma.»

Se ne sono andati, senza dirmi una sola parola e mi hanno lasciato lì da solo, che non sapevo cosa pensare. Mi sono sentito sollevato, però; e insomma, avevo fatto quello che dovevo fare.

Sono passato in banca, papà era seduto come al solito alla sua scrivania, e doveva aspettarmi, l'ho capito da come mi ha guardato. Come d'accordo, gli ho fatto segno di sì, a dirgli che tutto era andato bene, e lui ha alzato le mani e ha sorriso, anche se con un po' di sforzo, mi è sembrato. Credo anche che abbia tirato un gran sospirone.

Sono andato allora al campo della Alacres,

ma, devo dirlo, non ho giocato bene; avevo troppe idee per la testa. Qualche cosa deve essere successo, questo è certo; ma non so cosa.

*4 agosto*

Verso le 9, stamattina, Matilde mi ha telefonato per dirmi che oggi arrivava quel suo cugino, quello che è stato in Africa Orientale; se potevo andare da lei, magari con Piero, o Silvio o qualcuno, insomma, per fargli un po' di compagnia. Le ho detto di sì, naturale; poi con Silvio siamo andati a casa sua. Sono sempre molto imbarazzato, quando vado a casa di Matilde (a dire la verità, c'ero stato una volta sola), perché so che sua madre non è contenta che ci andiamo, e mi sembra che mi guardi come per accusarmi di qualche cosa. E poi è una casa troppo in ordine, con grandi tende alle finestre, i mobili antichi e tutte quelle cose lì.

Insomma, abbiamo conosciuto quel cugino, che è venuto dalla Svizzera e, prima, dalla Spagna. Si ferma qui solo poco tempo, poi riparte per la sua città, che è Rovigo. È un tipo molto strano. Diverso da noi. Dice d'avere la nostra età, un anno o due di più, ma sembra uno di almeno venti o anche ventidue anni. Quello che ha fatto impressione, è come parla: sicuro, svelto, ad alta voce e tra un discorso e l'altro, dice parolacce; adesso non mi metto certo qui a scriverle sul mio diario, ma ne ha detta qualcuna che ci siamo rimasti, e Matilde è diventata rossa che, di più, non si può, e mi ha guardato come a dirmi: perdono!

Si chiama Valentino. Sa benissimo l'inglese, però odia gli inglesi, e vorrebbe vederli tutti morti, dal primo all'ultimo. Quando lui e sua madre erano prigionieri, ha detto, gli inglesi li trattavano malissimo, per non dire di come trattavano gli uomini. Quelli che cercavano di fuggire, e quelli che facevano due o tre atti d'indisciplina, per castigarli li mettevano sotto una lamiera, al sole, con le mani e i piedi legati; li lasciavano là per due o tre ore. Quando li tiravano fuori, sembravano morti o impazziti.

Siamo rimasti senza dir nulla. Qui, gli inglesi, li aspettiamo tutti e non ci sono antipatici, e assolutamente non pensavamo che facessero certe cose. Forse, quel tale Valentino ci ha detto delle bugie. Due ore sotto una lamiera, al sole dell'Africa! Deve essere tremendo, una vera tortura! Non so se crederci.

Matilde era seduta sul bordo della sedia, teneva la testa bassa, e continuava a guardare quel suo cugino in maniera strana. Forse, si vergognava un po' di lui, non so. Valentino ci ha anche detto che, per delle settimane intere, gli inglesi gli davano da mangiare soltanto banane. Io e Silvio ci siamo guardati in faccia senza saper cosa dire. Noi non le abbiamo mai mangiate, le banane; Silvio anzi non le ha mai nemmeno viste, e io, per la verità, ne ho vista qualcuna a casa dei nonni, quando ero bambino. «Ma non sono così buone, le banane?» ha chiesto Silvio; Valentino ha fatto una smorfia e ha risposto: «Fanno schifo!»

Non è strano?, noi ce le sogniamo, e ci piacerebbe moltissimo assaggiarle: a lui fanno schifo. Sarà che ne ha mangiate troppe. Piacerebbe anche a me mangiare troppe banane. Insomma, finalmente è arrivato il papà di Matilde, e quel Valentino se ne è andato. Non ci ha nemmeno salutato.

Matilde mi ha guardato facendo segno di no con la testa. Era più bella del solito.

*Più tardi*

A pensarci bene, però, quel Valentino deve averne davvero passate delle brutte. Esser fatto prigioniero, in Abissinia, con suo padre e sua madre che hanno perso tutto quello che avevano; essere chiuso in un campo di concentramento dove (se poi è vero) gli inglesi facevano quello che facevano; fare un viaggio dall'Africa alla Spagna alla Svizzera a qui: una specie di giro del mondo. In più, adesso non sa niente di suo papà. Sfido io che dice le parolacce. E noi, invece, che siamo qui a casa nostra; ci sarà la guerra, bombarderanno, ci sarà tutto quello che si vuole, ma abbiamo qui i nostri amici, il papà, la mamma, la scuola, insomma il nostro mondo. È una differenza. Siamo fortunati, noi.

Quello che non mi convince, però, è la storia delle banane.

*5 agosto*

Stasera, quando sono tornato a casa, la mamma e il papà mi stavano aspettando con l'aria di dovermi dire qualcosa. Lo capisco subito, quando devono dirmi qualcosa. E infatti il papà mi dice: «Nino, ormai sei un ragazzo fatto, e mi sembra giusto che certe cose tu le sappia.»

Ci sono rimasto un po', perché di solito non

è così che il papà comincia le prediche: «Vieni qui» fa; gli vado vicino, e lui dice: «Sai, quel signore che abbiamo tenuto in casa, l'altra settimana, quello che hai accompagnato alla stazione.»

«Sì» rispondo; e lui: «Ecco. Era un ebreo. Ci sembra giusto che tu lo sappia.»

Non ho saputo cosa dire perché, devo riconoscerlo, non so nulla degli ebrei, e anzi nessuno di noi, della scuola voglio dire, ne sa nulla; il papà allora mi ha messo una mano sulla spalla: «Già, non puoi sapere, e magari non puoi capire. Ma vedi, gli ebrei sono perseguitati dai tedeschi. Se li trovano, se li prendono, li mettono in prigione, o li mandano in Germania. Qualcuno, addirittura lo fucilano.»

La cosa m'è sembrata impossibile. Ho chiesto: «Ma perché?» e il papà ha sospirato, e ha detto di lasciar perdere, che un giorno mi avrebbe spiegato. Poi mi ha raccomandato di non dir niente a nessuno, perché se si viene a sapere che abbiamo tenuto nascosto in casa un ebreo, in Germania finiamo tutti e tre, io, lui e la mamma. Mi sono un po' impressionato, gli ho detto di star tranquillo. Certo che non ne parlo con nessuno.

È da un'ora che sono qui nella mia stanza, e che penso a quello che mi ha detto papà. Non ci capisco un bel niente. Anzi, non so niente. Mi accorgo di non sapere niente.

*Più tardi*

Dopo la nostra gita ai Rivoni, dopo che ho visto quella povera gente, ora mi sembra di vedere gente povera dappertutto. Prima, non me ne accorgevo. Possibile? Ero cieco? Come facevo a non vedere, per esempio, com'è povera la gente che abita nella parte bassa della città, verso il fiume?

*6 agosto*

Ho visto Matilde, ma solo per pochissimo, perché doveva fare compagnia a quel suo cugino Valentino, che è ancora qui; doveva poi accompagnare sua madre non so dove, eccetera. Ci siamo trovati in quel giardinetto vicino al monumento a Garibaldi; era bella come sempre, ma mi è sembrata un po' imbronciata, e parlava poco.

Tanto per dire qualcosa, allora, le ho raccontato di quei poveri ragazzini del Mulino della Valle, di quella povera gente, insomma; ma lei, a un certo momento, mi ha detto, più o meno: «Senti, con tutte le cose brutte che succedono, devi proprio parlare di gente in miseria?»

Ci sono rimasto un po' male. Non mi ha mai parlato con quel tono; e poi, non mi sembrava proprio un argomento cretino, o che porta sfortuna.

*8 agosto*

Ho rivisto i mongoli. Non erano a cavallo, stavolta, erano sugli autocarri. Io e Silvio stavamo andando a pescare, per la strada della Torrettina, quando abbiano sentito rumore di autocarri; ci siamo messi sul lato della strada, e dopo un po' sono passati cinque autocarri. Sopra, i mongoli, seduti sulle panche, con il fucile tra le gambe. Non ci hanno nemmeno guardato, erano stanchi, si vedeva; erano anche sporchi di fango e qualcuno, secondo me, era ferito. Tenevano le teste basse. Dovevano essere stati sulle montagne, a combattere.

Ci hanno fatto paura; ma no, più che paura, ci hanno fatto tristezza. Non l'ho detto, ma ho pensato a come erano lontani dal loro paese. Siamo restati lì, dopo che erano passati, senza dir nulla. Non avevamo più nemmeno voglia di andare a pescare.

*9 agosto*

Bagno nel fiume. Ma non è questo che voglio dire. Voglio invece dire che, questa sera, quando sono tornato a casa, ho trovato la mamma e il papà in cucina, e con un'aria molto triste; e lui, ancor prima che facessi qualche domanda, mi ha detto: «Nino, è successa una disgrazia.»

«Che disgrazia?» ho chiesto, spaventato; e il papà: «Quel tale, sai, quell'ebreo che era qui in casa nostra, e che tu hai accompagnato in via Brichetti... Bene, è morto.»

M'è quasi mancato il respiro: «Morto?» Volevo chiedere se l'avevano preso i tedeschi, ma il papà dice: «Sì. Un mitragliamento.»

Non s'è sentito nulla, oggi, e non s'era sentito nulla ieri o l'altro ieri; voglio dire, nessun rumore di bombe: anzi ieri non ci sono stati nemmeno allarmi aerei; non ho detto nulla. E il papà: «L'altro ieri. Stavano portandolo di là dal Po con una barca, e un aereo li ha visti, si è abbassato e li ha mitragliati.»

Che cosa potevo dire?

«E pensare» è andato avanti il papà, scuotendo piano la testa «che era di mattino, presto, prestissimo: non ci sono mai in giro aerei, a quell'ora. Forse, era un ricognitore, forse era un aereo che aveva perso contatto con la sua formazione.»

M'è subito tornata alla mente quella volta del contadino mitragliato sulla strada; e il papà ha detto ancora: «Pensa, morire così, ucciso dagli amici, e proprio quando stava per essere salvo.»

Era, quell'ebreo, un professore di Milano, ricercato dalla polizia e dai tedeschi; era stato nascosto in vari posti e poi da noi, intanto che si preparava il suo trasferimento sulle montagne, di là dal Po, dove ci sono i partigiani, che l'avrebbero poi aiutato ad andare in Svizzera. Quel prete che ci aspettava in via Brichetti l'aveva tenuto nascosto per altri due giorni, e l'altra notte l'aveva condotto in bicicletta fino al Po. Per una sfortuna maledetta, quando già era salito su una barca e tutto ormai sembrava fatto, quel maledetto aereo aveva cominciato a mitragliare, e ucciso tutti quelli che c'erano sulla barca.

«Il pilota certo non poteva sapere che erano amici» ha detto il papà alla fine. «Come poteva saperlo?» Mi sembrava che non parlasse a me, ma a se stesso; però cambiando tono ha detto a me e alla mamma: «Io, il mio dovere in guerra l'ho già fatto. E l'ho fatto anche in pace, lavorando. Quel poveretto aveva bisogno di aiuto e nel mio piccolo gliel'ho dato. Adesso ho un altro dovere, quello di badare a voi due, che siete la mia famiglia, e di portarvi fuori da questa guerra maledetta. Di più, non posso fare.»

Mi ha raccomandato poi di non dire a nessuno neanche mezza parola del professore. «Ne va della vita» ha detto. Ho promesso. Eravamo tutti commossi. La cosa mi ha fatto una terribile impressione. Più del mitragliamento e dei bombardamenti.

*Più tardi*

Certo, è una bella disgrazia, che quel poveretto ebreo sia stato ucciso da un aereo inglese o americano proprio mentre stava per salvarsi! E quelli che l'avevano preso sulla barca, anche loro, che fine! Uccisi dai loro amici!

*

*10 agosto*

Oggi, a casa di Carlo, ho conosciuto un uomo molto strano, un amico di suo padre. Era un tipo magro, abbastanza alto, sembrava anche lui un impiegato di banca, un tipo come papà, ma di sicuro più giovane di lui. Quando sono arrivato, stava parlando: si è interrotto per salutarmi e mi ha sorriso; non so perché, mi ha fatto soggezione. Scriverò una cosa stupida, ma ho avuto come l'impressione di essere davanti a un uomo diverso dagli altri.

Hanno ripreso a parlare; e come tutti, in questi momenti, parlavano di guerra e di quello che accadrà. Io e Carlo, per educazione, siamo stati lì a sentire; e dopo un po', quell'uomo dice: «Ma ora cambiamo discorso, se no questi ragazzi finiranno per mandarci all'inferno! Anzi, ora devo proprio andare» e si è alzato. Così, ho visto che gli mancava una gamba; voglio dire, che aveva una gamba di legno: fino a quando era rimasto seduto, non me ne ero accorto.

Senza volerlo, senza accorgermene, devo aver fatto una qualche espressione: lui ha capito, ha sorriso e ha detto:

«Ma no, non è mica la fine del mondo, sai?»

Non ho risposto. Che cosa potevo dire? E poi,

ero rimasto stupito dai suoi occhi: azzurrissimi, più di quelli di Franz; e, non so come dirlo, tristi. Ha sorriso ancora e mi ha chiesto: «Come ti chiami?» e subito: «Quanti anni hai?»

«Nino» ho risposto. «Quindici.»

«Bella età. Cerca di viverla bene, Nino. E anche tu, Carlo. Cercate di non buttar via nemmeno un giorno, di questi vostri anni.» Così ha detto, ma non con il tono di uno che vuol far la predica; la mamma e il papà di Carlo lo hanno poi accompagnato alla porta.

Sono rimasto un po' impressionato da quell'uomo; e ho chiesto a Carlo chi era. Mi ha detto, come rivelandomi un segreto: «Una medaglia d'oro.»

«Una medaglia d'oro?» Non avevo mai pensato di poter conoscere una medaglia d'oro.

«Sì. Gliel'hanno data per non so quale battaglia. In Africa. Aspetta: la battaglia di El...» Carlo ci ha pensato un po': «El Alman... no, non è El Alman, è una cosa del genere... Papà» ha detto poi, perché suo padre era tornato, «in che battaglia è che il tuo amico ha guadagnato la medaglia d'oro?»

«El Alamein» ha risposto il papà di Carlo.

Non avevo mai sentito un nome simile, ma

tanto per dire qualcosa e non fare la figura delle scemo, ho detto: «Ah!»

Chissà perché, c'era un'aria di tristezza; poi io e Carlo siamo andati al campo della Alacres.

*Più tardi*

Ho chiesto a papà di quella battaglia, di cui mi ero dimenticato il nome; e lui: «Perché ti interessi di queste cose?»

Gli ho spiegato, allora, di avere conosciuto quell'uomo, quella medaglia d'oro, che aveva combattuto in Africa, in un posto da un nome strano; il papà: «El Alamein?»

«Sì» ho risposto; e lui ha fatto una faccia molto seria: «S'è preso una medaglia d'oro a El Alamein? Perbacco.»

«E che cosa sarebbe stato, papà?» ho chiesto.

«Non che cosa sarebbe stato: che cosa è stata. Una grande battaglia combattuta in Egitto, due anni fa. Nel deserto. Noi e i tedeschi contro gli inglesi.»

«E chi ha vinto?»

«Hanno vinto gli inglesi» ha risposto il papà, alzando le spalle, e ha detto ancora: «Ma ce ne è voluta. E hanno vinto solo perché avevano più carri armati. Noi abbiamo avuto moltissimi morti. Tanti poveri e bravi ragazzi che sono morti per niente. Come i miei compagni del battaglione, sul Piave.» Mi ha messo la mano nei capelli, come fa molte volte, e ha cercato di sorridere: «Meglio lasciar perdere, Nino» ha detto.

Non lo so. Non so che cosa pensare. A me, anzi a noi, di quella battaglia di El Alamein, non hanno mai detto niente. Non l'abbiamo nemmeno mai sentito, questo nome. A scuola, nemmeno una parola. Prima, dicevano che vincevamo; poi non ci hanno detto più niente.

Papà ha detto che è meglio lasciar perdere. Non so se è meglio davvero. Forse no.

*Più tardi*

Ho cercato di capire quelle parole del papà: morti per niente. Tanti poveri e bravi ragazzi, ha detto, che sono morti per niente, come i suoi compagni, quelli del Piave, quando lui è stato ferito. Morire è triste, questo lo so e lo sappiamo tutti; morire per niente deve essere ancora più triste, e specialmente in guerra. Se io dovessi morire, per esempio, vorrei che fosse per qualcosa: per Matilde, non so, per la famiglia. O per l'Italia, sono o non sono italiano?

*

*Ancora più tardi*

Sono andato dal papà, gli ho chiesto: «Papà, ma perché hai detto che quei soldati, anche i tuoi compagni del Piave sono morti per niente? Non sono morti per l'Italia?» Lui mi ha messo le mani nei capelli e mi ha detto: «Nino, non c'è più l'Italia.»

*13 agosto*

Il papà quest'oggi ha parlato ancora di quel professore ebreo che avevamo qui a casa. Mi ha detto che a Milano ci sono molti ebrei nascosti in varie case; e che per cinquemila lire, c'è stato qualcuno che li ha denunciati e li ha fatti prendere dalla polizia e dai tedeschi, che hanno mandato in Germania gli ebrei, e quelli che li avevano aiutati. Il papà è andato avanti per un bel po' a scuotere la testa e a ripetere: per cinquemila lire, per cinquemila lire. Io non sapevo che cosa dirgli. Però mi veniva in mente quello che mi ha detto l'altro giorno, cioè che non c'è più l'Italia.

*14 agosto*

C'è qualcosa che non capisco. Con Matilde, voglio dire. C'è qualcosa che non va, insomma. Mi sembra cambiata; anzi, è cambiata, non è più quella di prima. Non so che cosa le sia successo. Oggi, finalmente (e dopo nove giorni, non sono un po' troppi? Le ho telefonato tre o quattro volte) ci siamo visti; io volevo, come al solito, andare giù al fiume, in uno dei nostri posti, ma lei ha detto che era stufa di vedere sempre le stesse cose; e allora siamo andati a fare una passeggiata sulle mura.

Ho parlato quasi sempre io, ma sembrava che nemmeno mi ascoltasse. E a un certo momento mi dice:

«Senti, se ci vedono in questi posti, chissà che cosa pensano. E meglio che mi accompagni a casa.»

Ci sono rimasto. Non era mica la prima volta che andavamo a passeggiare là. E che cosa dovrebbero pensare? Che siamo morosi, e non è forse vero? In ogni modo, non ho detto niente e l'ho accompagnata a casa; e quando le ho chiesto: «Quando ci vediamo?» lei mi ha risposto: «Ti telefono io» e se ne è andata così, senza nemmeno girarsi, come fa di solito. Non so.

*

*16 agosto*

Matilde non mi ha telefonato e non mi ha dato nessuna notizia. Credo che sia successo qualcosa in casa sua, o magari qualcosa ai suoi parenti. Strano. Se è successo qualcosa di male, perché non dirlo a me? Non capisco. Sono un po' preoccupato.

Per il resto, ho cominciato i compiti delle vacanze, siamo stati a fare i bagni e a giocare a calcio. I soliti allarmi, le solite notizie. Una cosa abbastanza ridicola c'è: ed è che, siccome dovevano risuolarmi le scarpe, per un giorno sono andato in giro con gli zoccoli di legno. Non è ridicolo? La mamma mi ha sorriso e mi ha detto che non sarà sempre così.

*18 agosto*

Ancora niente. Di Matilde, dico. Sono andato sotto casa sua, ho aspettato un po': se fosse uscita, le avrei chiesto che cos'ha. Non mi pare di averle fatto nulla; ci ho pensato bene, non mi pare d'averla offesa. E allora?

Fatto è che ci sono rimasto male, e i miei amici se ne sono accorti, credo. Oggi, Piero mi ha detto: «Che cos'hai, sei un po' giù di morale?» Gli ho risposto che sto benissimo; e siccome c'era anche Carlo, ha detto: «Si vede però che stavi meglio prima.» Mi sono seccato e sono venuto a casa. Forse ho sbagliato.

Per la strada, ho visto una scena che mi ha fatto molta impressione: davanti a una panetteria c'erano delle donne che protestavano perché di pane non ce ne era più. E gridavano anche che non lo si poteva mangiare, il pane, tanto era cattivo, ma che per chi pagava c'era anche quello buono; il panettiere si difendeva, diceva che tutto era regolare; ma a momenti, due donne gli saltavano addosso. Poi è arrivato un milite, ha minacciato tutti, e tutti se ne sono andati. Ma una donna, poverina, piangeva e si disperava. Mi ha fatto una terribile compassione.

*19 agosto*

Sono uscito, oggi pomeriggio, e mi è venuta incontro Maria Pia, quell'amica di Matilde. Mi ha detto che passava di lì e mi aveva visto; era una bugia, ho capito subito, non viene mai da queste parti. Abbiamo fatto un po' di strada insieme, poi lei si ferma e mi dice:

«Senti, ti devo dire una cosa.»

«Dimmela» dico io. E lei, con l'aria un po' imbarazzata:

«Matilde mi ha detto di dirti che non esce più con te.»

Adesso non vorrei fare ridere (e chi dovrei far ridere?, chi leggerà mai il mio diario?) ma mi sono sentito qualcosa che non avevo mai provato. Ma sì, qualcosa al cuore, ecco. Come un senso di paura o di debolezza. Ho capito subito che Matilde voleva lasciarmi, ma la figura da cretino, con Maria Pia, non avevo nessuna voglia di farla, e ho detto:

«Ah sì? Benissimo, se non esce più con me, io non uscirò più con lei.» Mi sembrava una buona risposta; ma Maria Pia ha fatto segno di no, e ci era rimasta male:

«Guarda, Nino» mi ha detto, «io non c'entro niente. Mi dispiace.»

Per non sbagliare, ho chiesto: «Ma non esce per qualche giorno, o non esce più?» e Maria Pia: «No, mi ha detto di dirti che non esce più.» Allora io: «Ha un altro ragazzo?»

Lei resta un po' lì, e risponde a mezza bocca: «Sì, credo di sì. Sì, insomma.» Stupido che sono, mi è sembrato di non aver più forza nelle gambe. «E chi è?» ho domandato; e siccome m'è sembrato d'aver parlato con una voce un po' strana, ho ripetuto facendo finta di nulla. «Sì, dico, chi sarebbe?»

Lei ha fatto una smorfia: «Non so, un suo cugino... uno di Rovigo, mi pare. Ma non so.»

Ci sono rimasto. Ecco perché Matilde era sempre imbronciata con me. Ecco perché non aveva mai tempo. Per il cugino Valentino. Quello delle banane. Quello che sembra un giovanotto di ventidue anni.

*20 agosto*

*Cara Matilde,*
*tu non leggerai mai questa lettera. Oggi ti ho telefonato due o tre volte, ma non c'eri, e alla fine la tua mamma si è seccata. Per cui ti scrivo, anche se non so perché. E anzi, a pensarci bene, non so nemmeno che cosa potrei dirti. Ieri è venuta da me Maria Pia, e mi ha detto quello che tu sai benissimo, cioè che hai un altro ragazzo, tuo cugino Valentino. Per me, guarda, va benissimo. Mi sembra un ragazzo adatto a te, non so. Voglio dire, mi spiace, naturale, perché mi ero affezionato a te, e ti volevo bene, come mi pare*

*d'aver dimostrato. Ma se va bene a te, va bene anche a me.*

*A dire la verità, speravo che venissi tu a dirmi le cose che mi hai fatto dire da Maria Pia; non so perché ti sei rivolta a lei. Non avrai mica avuto paura di me? Potevi dirmelo, che ti sei innamorata di un altro, e io non sarei certo stato lì a fare delle scene, ti avrei detto invece: se hai deciso così, se non mi ami più, va bene, non vediamoci più. E anche: è stato molto bello stare insieme. Pazienza. Guarda, mi dispiace. Ma era destino che le cose andassero così.*

*Non ti dimenticherò mai. Spero che tu ti ricordi di me; e naturalmente ti faccio tanti auguri.*

*Nino*

Che lettera scema! Certo che non gliela spedirò mai! Vorrei scriverle invece: sta' pure con quel presuntuoso di un tuo cugino, buono a darsi delle arie solo perché è stato in Abissinia. Bella roba. Tanto, guarda, non sei mica l'unica ragazza del mondo. Spero, piuttosto, che prima o poi tu non venga a dirmi che ti eri sbagliata eccetera eccetera. Indietro non si torna.

Così le scriverei, se potessi. Ma la soddisfazione di mandarle una lettera, (che lei aspetta di sicuro) proprio non gliela darò. Mai e poi mai. Si arrangi, lei con quello stupido cugino, lui e le sue banane!

*1° settembre*

Sono stato per un bel po' senza scrivere, non si dovrebbe, perché il diario, o lo si tiene o non lo si tiene. In ogni modo, in questi dieci giorni non è successo niente: hanno bombardato ancora Milano, ci sono i soliti allarmi aerei. Le solite cose insomma. La mamma ieri era molto giù di morale, perché era stata in due o tre negozi e non aveva potuto comprare nulla o quasi. Ha detto che, con i soldi, si potrebbe avere pane bianco, carne, burro e uova e insomma tutto: ma che di soldi, ce ne vorrebbero troppi. È un periodo, questo, che si fa molta fatica a trovare roba da mangiare e chissà, ha detto ancora la mamma, come faremo quest'inverno. Ha detto che io, per esempio, ho bisogno di un altro paio di scarpe, perché un paio solo per estate e inverno è troppo poco, che ho anche bisogno di un paltò eccetera, ma che non ce la fanno a comprarmeli. Ho cercato di consolarla, le ho detto che non ho bisogno di niente, e che prima dell'inverno la guerra sarà finita; ma lei ha risposto che non ci crede più, che gli inglesi e gli americani non ce la faranno mai a battere i tedeschi, e la guerra non finirà più.

Per fortuna poco dopo è tornato papà, io non sapevo più che cosa dire e non avevo mai visto la mamma così. Il papà l'ha calmata, ha detto che non c'è da preoccuparsi, e che sarà questione ancora di pochi mesi, tre o quattro, poi tutto sarà finito. La mamma si è messa a piangere un po', e anch'io, a dire la verità, ho avuto voglia di piangere, perché questa guerra davvero dura troppo.

*Più tardi*

No. Ho detto che non devo scrivere bugie sul diario: non c'è cosa più stupida di questa, dirsi delle bugie. Magari sarà bello, o sarà comodo, ma è stupido. Per questo, scrivo che ho avuto sì voglia di piangere, quest'oggi, con la mamma: non per la guerra, però. Per Matilde, invece. Non doveva farmi una cosa così. Non doveva proprio. E pensare che, quella notte, quando gli aerei sono passati bassissimi, mi sarebbe piaciuto essere con lei, e magari morire con lei! E che quando papà ha detto di quei ragazzi morti per nulla, avevo pensato, ancora, che morire per me non sarebbe stato nulla, morire per lei!

Uno che ti voleva bene come me, non lo trovi di sicuro, brutta scema, e non lo troverai mai; vorrò vedere, quando il tuo cugino banana ti darà un calcio nel sedere!, verrai a piangere da me, ma io ti chiederò: e tu, chi sei?

*3 settembre*

Comincio ad avere voglia di scuola. Non che le vacanze non mi piacciano, ma alle fine ci si annoia un po', specie adesso che è arrivato l'autunno prima del tempo e non si può più fare il bagno. Piero oggi mi ha detto che, forse, quest'anno le scuole non riapriranno, perché ci saranno dei grandi bombardamenti e quindi dei grandi pericoli. Be', bombardamenti e pericoli ci saranno di sicuro, ma spero che le scuole riaprano lo stesso. Ho voglia di rivedere tutti gli amici, anche quelli che sono sfollati, e che probabilmente torneranno. Ho voglia anche di vedere i professori, a parte la prof di latino, si capisce.

Per Matilde, non so. Non so che cosa dire.

Non ho niente da dire. Non l'ho più vista. Non mi sembra nemmeno naturale. Dove ho sbagliato, continuo a chiedermi. Chissà.

*7 settembre*

Ha piovuto tutto il giorno, e c'era anche un'aria un po' fredda, quasi fosse già autunno avanzato. Di quello che m'è successo oggi, non so che cosa pensare, non so se aver ancora paura o no. Dicono che non bisogna credere nel destino, che credere nel destino è un peccato, però a me pare proprio che tutto sia stato questione di destino.

Il fatto è che stamattina sono uscito, come al solito, e mi sono trovato con Silvio, in piazza; volevamo andare alla Palestra civica, per allenarci un po'. Eravamo in corso Lamarmora, quando s'è sentito un rumore d'automobili che arrivavano a gran velocità; ci siamo fermati, e Silvio fa: «Nino, meglio andar via» e non aveva ancora finito di parlare, che la gente ha cominciato a mettersi a correre: quello che è successo poi, non lo so. Silvio, non l'ho visto più. Mi sono trovato da solo, non sapevo che cosa fare, e tutto attorno c'era gran confusione. Se scappavano tutti, dovevo certo scappare anch'io, ma non ce l'ho fatta, perché è arrivata un'automobile, s'è fermata in mezzo alla strada, sono saltati giù tre o quattro militi. «Alt! Fermi! Non si passa!» hanno gridato.

Mi ha preso una paura terribile, mi sono trovato in mezzo alla gente, che mi ha spinto via, ma che poi s'è fermata, perché venivano avanti i militi, con i mitragliatori puntati. «Contro il muro! Mani al muro! Muoversi!»

Non capivo, non credevo quasi a quello che accadeva; ho fatto come gli altri, mi sono girato, ho appoggiato le mani contro il muro. Sentivo voci e ordini; anche senza voltarmi ho potuto vedere. Molti militi erano giovani, dei ragazzi quasi; certi non avevano nemmeno la divisa, ma tutti portavano al braccio sinistro una fascia gialla. Facevano paura, e la paura m'è venuta ancora di più, quando qualcuno vicino a me ha detto piano: «Questi ci fucilano tutti!»

Fucilarci? Ma perché? Fucilarci? Ma che cosa avevamo fatto? Ho cominciato a tremare, e mi dicevo: no, no, no, impossibile. Poi s'è sentito gridare: «Preparare i documenti!» e tutti hanno cominciato a frugarsi in tasca, a tirar fuori il portafoglio. L'ho fatto anch'io, e le dita mi tremavano. Quei militi con la fascia gialla al braccio continuavano ad andare avanti e indietro e a dire: «Presto! Presto! Muoversi! Dietrofront!» Tutti ci siamo girati. C'è stato l'ordine: «Carte alla mano!» e poi hanno cominciato a controllare le carte di identità.

Io tenevo in vista la mia, vedevo che la mano mi tremava, ma non potevo farci niente. Un milite è venuto avanti, avrà avuto due o tre anni di più di me e sembrava un bravo ragazzo; mi ha chiesto: «Perché non sei alle armi, tu?»

Ho risposto: «Perché la mia classe non è stata richiamata.»

«Fa' vedere la carta d'identità!» Gliel'ho data, l'ha guardata; siccome era tutto regolare, credevo che mi avrebbe fatto andar via, e anzi (devo dirlo, perché sul diario voglio essere sincero), ho cercato di sorridere un po' per sembrargli simpatico; ma lui mi dice: «Ah, sei del '29, eh?» e in quel momento arriva un milite, tutto vestito di nero, e dice: «Ma che '29, quello lì è più vecchio. Fa' vedere» prende la carta, la guarda anche lui. «Sicuro che non è falsa?» chiede. A queste parole mi sono sentito mancare, ma ho detto subito: «No, no, è vera, sono del febbraio del '29, io.»

Mi dice con aria severa: «Febbraio o marzo, tu sei un uomo, ormai. Che cosa fai, in borghese?»

«La mia classe» dico anche a lui «non è stata richiamata.» Mi sembrava la risposta giusta, ma quello allora grida: «Neanche la mia è stata richiamata! Ma io sono volontario! Perché non sei volontario, tu?»

Era la stessa domanda che avevano fatto al papà, quando eravamo andati alla cascina; ma io non me l'aspettavo, e non ho saputo che cosa rispondere. Il milite grida allora: «Sei sordo?» ma intanto viene avanti un altro, uno piuttosto vecchio, e chiede: «Cosa c'è, cosa c'è?»

I due militi si mettono sull'attenti. «Capitano, questo ragazzo...» comincia uno di loro; ma il capitano, senza nemmeno guardarmi né fermarsi, risponde: «Non perdiamo tempo! Con gli altri, via!» e così mi sono trovato in fila con dell'altra gente, e dopo un po' ci hanno fatto andare fino in fondo alla strada.

Qui c'era un autocarro. «Salire!» hanno gridato.

*Più tardi*

Fino a quel momento, avevo avuto una paura terribile; salendo sull'autocarro però, strano, mi è passata e mi sono sentito un po' meglio. Ho pensato che siccome ero passato di là per caso, siccome non avevo fatto assolutamente niente, mi avrebbero lasciato andare.

Sul camion c'erano delle panche; sono saliti due militi con il mitragliatore, uno s'è messo proprio accanto a me, e ho visto che sulla sua fascia gialla c'era scritto: "*Sicherheit*", chissà che cosa vuol dire. Siamo partiti. Un altro camion ci seguiva. Non ero mai stato su un camion; quello traballava, e al momento m'è venuta un po' di nausea.

Dopo una decina di minuti siamo arrivati alla caserma Tagliamento, dove sapevo che c'era la Brigata Nera; siamo entrati, i due camion si sono fermati in un gran cortile. Ci hanno fatto scendere. A momenti, saltando giù, cadevo per terra, bella figura ci avrei fatto. Saremo stati, in tutto, cinquanta o sessanta. Mi sembrava come di sognare. Nel cortile c'erano altri militi e diversi soldati tedeschi; c'erano camionette, autocarri; e anche mitragliatrici e un cannone. Non avevo mai visto un cannone da vicino: non fa impressione, anzi sembra impossibile che riesca a sparare bombe che sono capaci di buttar giù una casa.

Quelli con la fascia gialla hanno cominciato a gridare: «In fila! Avanti, serrare!» e ci hanno fatto entrare nella caserma. «Ma dove ci portate?» ha gridato una voce: e un'altra: «Che cosa volete da noi?» Un ufficiale ha detto allora: «Zitti! Chi ha la coscienza pulita non deve aver paura di niente!» e io la coscienza l'avevo pulita, ma la paura mi era tornata in pieno. Però non ero il solo ad averla; c'erano degli uomini, e tutti molto più vecchi di me, pallidi e anche sudati; a qualcuno vedevo che tremavano le labbra.

Ci hanno chiuso in uno stanzone umido, con delle finestre dai vetri rotti, o addirittura senza vetri, ma con grandi inferriate. Mi sono sentito disperato, m'è venuto da piangere. Per non farlo, mi sono morso le labbra. Le ho ancora gonfie.

*8 settembre*

Sono andato a vedere sul vocabolario, e ora so che cosa vuol dire la parola tedesca sulla fascia gialla: vuol dire "Sicurezza". Quei militi sono italiani, ma dipendono dai tedeschi. Il papà mi ha detto che è gente cattiva, e che ho corso un brutto pericolo. Era commosso, mentre me lo diceva. Povero papà.

Riprendo a scrivere da dove avevo smesso ieri, e cioè da quando ci hanno chiusi nello stanzone. Ci siamo messi a sedere su qualche panca o anche per terra; nessuno parlava. Cercavo di capire perché fossi finito là; poi ho pensato: chissà che cosa diranno la mamma e il papà non vedendomi arrivare, e m'è venuto ancora da piangere, ho dovuto mettercela tutta per non farlo. Come qualcun altro, mi sono messo le mani sulla faccia. Ho detto anche qualche preghiera.

Mi sentivo come lo stomaco vuoto, e anche le gambe vuote: senza forza, voglio dire. Proprio a me doveva capitare; dovevo proprio passare per quella strada a quell'ora: Silvio, almeno, era riuscito a scappare, io no. Pensavo a questo, e un tale, un uomo già avanti negli anni, seduto vicino a me, mi tocca, mi fa una specie di smorfia e mi dice: «Dai, non aver paura. Vedrai che ti lasciano andare» e ho capito benissimo, allora, che dovevo avere una gran brutta faccia. Non ho saputo cosa rispondere.

Passa un po' di tempo, la porta si apre, entra un milite con la sigaretta in bocca e il mitra a tracolla; si appoggia con le spalle al muro e resta lì, senza dir niente, come se nemmeno ci vedesse. Noi tutti lo guardavamo, e a un certo momento, quell'uomo che mi aveva parlato, chiede con voce alta: «Si può sapere perché ci avete portato qui? Che cosa volete da noi?»

Il milite ha risposto: «Io non so niente, io obbedisco.»

«Sì, ma fate delle retate così, prendete gente a caso, che senso ha?»

«Zitto!» ha detto il milite; ma invece di stare zitti, si sono messi a parlare in cinque o sei, a protestare, e poi qualcuno si è messo anche a piangere, a gridare che non voleva morire o andare in Germania; il milite allora ha puntato il mitra contro di noi e ha dato un paio di calci alla porta; subito sono arrivati due o tre suoi compagni, che ci hanno minacciato. Alla fine è tornato silenzio. Io non ho detto niente, non ho parlato. Non so perché, mi è sembrato meglio.

Continuavo a pensare a casa. Se non mi avessero lasciato andare per le dodici e mezza, che cosa avrebbero detto il papà e le mamma, non vedendomi arrivare? Era un pensiero che non potevo sopportare, che quasi mi stordiva. Anzi, devo essermi stordito, perché quell'uomo di prima mi ha detto: «Su, su, che uomo sei?, fatti coraggio, non fare così, non rovinarti le dita!» e solo in quel momento mi sono accorto che stavo mordendomi le mani. Che scemo. Ora che ci penso, che scemo.

Ma al momento, come facevo? La paura anzi è cresciuta, quando di lì a qualche minuto, la porta si è riaperta con gran fracasso, e si è sentito gridare: «In piedi, in fila! Fuori, uno alla volta!» e allora qualcuno in fondo allo stanzone ha gridato: «No, no! Ci fucilano tutti!» e c'è stata una grande confusione, e ho fatto una terribile fatica a non mettermi a gridare anch'io. Ma poi ci siamo calmati e ci hanno fatto uscire.

Quando è toccato a me, quasi le gambe non si volevano muovere; pensavo a quello che potevo dire, se mi chiedevano perché non ero volontario; avrei detto che non potevo decidere io, che toccava al papà decidere una cosa del genere. Insomma, ero lì con gli altri, in fila, sotto un porticato, mi sembrava che facesse molto freddo. Nessuno parlava più, nessuno ci diceva nulla: quelli che erano usciti prima di noi non si vedevano. Ho cominciato a sentire qualcosa darmi fastidio allo stomaco, e mi è venuto come da vomitare, e stavolta stavo davvero per piangere, quando sento che qualcuno mi mette una mano sulla spalla. Mi viene da gridare, mi volto spaventatissimo, vedo che è un soldato tedesco. Subito penso: mi mandano in Germania!

Ma quel soldato mi sorride e mi dice: «Nino, cosa che fai qui?»

Resto lì. Mi pare che tutto sia un sogno. Quel soldato era Franz. Era proprio lui!

*Più tardi*

Sarei andato avanti a scrivere fino a chissà quando, ma ho dovuto smettere, perché è arrivato quel rompiscatole di zio Luigi, che tanto per cambiare mi ha fatto la predica, dicendo che, se non fossi andato in giro a perder tempo, non mi avrebbero preso. Sì. Mi piacerebbe che prendessero lui.

Insomma, mi trovo davanti a Franz; è lì che mi guarda, poi preoccupato mi dice: «Nino» e io cerco di dire: «Franz» ma non so se ci riesco, non credo. Lui chiede ancora: «Nino, perché qui?» Rispondo che non lo so, che mi hanno preso per la strada e portato là; devo parlare con chissà che voce, perché Franz fa una faccia scura e preoccupata; poi fa segno di sì, e dice: «Vieni» e sempre tenendomi la mano sulla spalla mi conduce via, adagio, lungo il portico; dice qualche cosa che non capisco a un milite, e quello alza le spalle e fa una smorfia. Franz mi fa attraversare il cortile, i militi guardano ma non dicono nulla. Facevo fatica a camminare; non sapevo nemmeno quello che mi succedeva. Però, ho capito che Franz mi ha portato fuori dalla caserma.

Quando ho passato il portone, mi sarei messo a correre, ma Franz mi teneva sempre la mano sulla spalla, e così, anche se mi cedevano le gambe, ho camminato piano accanto a lui. Franz non diceva niente, ma di tanto in tanto mi guardava, stringeva le labbra e faceva segno di sì, come a dirmi di fidarmi di lui. Io mi fidavo. A ogni passo mi sentivo meglio. Se ci penso, però, mi torna la paura.

*9 settembre*

Quest'oggi ci siamo trovati al solito posto; c'erano Carlo, Piero e altri; e ho litigato con Piero, che sarà un bravissimo ragazzo, ma certe volte è un po' scemo. Il fatto è che sto per raccontare quello che mi è successo l'altro ieri, e lui senza nemmeno lasciarmi parlare, mi dice con l'aria di accusarmi di qualche cosa: «Guarda che ti hanno visto in un bar con un soldato tedesco.»

Gli rispondo, un po' stupito: «E allora?»

«E allora, te l'ho già detto. I tedeschi sono nemici. Se stai con loro, vuol dire che sei dalla loro parte.»

Questo discorso mi ha proprio fatto girare le scatole: «Ah sì?» gli ho detto, «e non ti fa niente che quel soldato tedesco mi ha fatto uscire dalla caserma della Brigata Nera? E che se non era per lui, a quest'ora forse ero già in Germania?»

È rimasto lì con la bocca aperta; e anche gli altri. Non sapevo se spiegare tutto o se andar via, e me ne sono andato, facendo capire d'essere offeso. Lo ero sul serio. Piero mi ha chiamato, ma non mi sono nemmeno girato. Si arrangi.

Domani o dopo, se mai, racconterò a tutti quello che è successo.

*Più tardi*

Per quella storia del bar, sì, è vero. Quando siamo stati fuori dalla caserma, volevo correre subito a casa, e l'ho detto a Franz, ma lui fa: «Sì, sì, ma prima vieni» ed è entrato in un caffè, un posto piuttosto brutto, che fa anche da pasticceria. Il barista lo conosceva, lo ha salutato gli ha chiesto: «Eilà, Franz, la solita roba?» e Franz tutto sorridente: «Sì, sì, cognac per me e anche per lui, che ha bisogno.»

Il barista allora mi guarda e dice: «Già. Ehi, tu, che faccia hai?, non stai bene?» Non ho saputo che cosa dire, e lui dice ancora: «Hai la faccia verde.»

Ho capito che dovevo essere molto pallido, anche se non mi sentivo male. Insomma, ci siamo seduti a un tavolino; quando ho piegato le gambe, m'è venuta addosso una terribile stanchezza, e mi è tornata la voglia di piangere; Franz deve essersene accorto, perché mi ha detto: «Nino, non aver paura, tutto finito, tutto bene, adesso tu bevi un po', tuoi colori tornano e vai a casa.»

Mi sono commosso, ho risposto: «Grazie, Franz, se non arrivavi tu...»

Ha fatto un gran sorriso: «Io sono là, nella caserma, e vedo Nino, e dico: ma che cosa che fa Nino qui?, meglio portarlo fuori, *ja*. E così ti porto fuori.»

«Sai, Franz, io non avevo fatto niente, passavo per la strada e mi hanno preso.»

«Quello che hai fatto non mi importa» dice lui, «tu sei un ragazzo» e in quel momento il barista ha portato due bicchierini, dicendo: «Chissà che roba è questa qui che chiamano cognac, ma sarà sempre meglio che niente!»

Abbiamo bevuto. Era la prima volta che bevevo il cognac. È fortissimo. M'è venuto da tossire, loro due si sono messi a ridere. Però mi sono subito sentito molto meglio, anche se tremavo, non di paura, ma dalla voglia di correre a casa, perché chissà com'era tardi e chissà come erano preoccupati il papà e la mamma; ma non potevo certo lasciare Franz, che mi aveva salvato; e lui intanto mi dice:

«Anche mio fratello Joseph è un ragazzo come te» e tira fuori il portafoglio, fruga, trova delle fotografie e me le fa vedere. Si vedeva lui in borghese, si vedevano uomini e donne, credo i suoi genitori, o dei parenti; e anche un ragazzo con la divisa da marinaretto. Franz mi dice: «Mio fratello. Ragazzo come te. Tu gli somigli, sì.» Non mi pareva di somigliargli, e ho detto: «Un po'» ma Franz risponde: «Sì, sì, sei proprio come Joseph. Quando ti ho visto, ho pensato: ah, ecco Joseph!» e poi ancora mi fa vedere la foto di una ragazza bionda: «Lilly, mia fidanzata.» Mi viene subito in mente Matilde. Ma non ci voglio pensare.

Franz mi dà da bere ancora, e poi mi ha detto che abitava in un paese vicino alla città di Francoforte, e che spera di tornare a casa presto. Poi dice d'essere stato in guerra prima in Africa, poi qui in Italia, in un posto che si chiama Cassino, dove faceva freddo, bombardavano notte e giorno, c'erano morti e feriti dappertutto. Tanti suoi camerati, ha detto piano.

Poi è successa una cosa strana. A un certo punto, Franz ha smesso di parlare italiano, è andato avanti in tedesco, da solo e con voce sempre più bassa, e mi è sembrato che più parlava più diventava triste. D'improvviso si è alzato, ha messo qualche soldo sul tavolo e ha detto: «Ora, a casa. Ti accompagno.» Adesso, aveva una faccia molto stanca. Non ha detto una sola parola.

Quando siamo arrivati nella mia strada, non ce l'ho fatta più: «Bene, Franz» gli ho detto, «ora vado, io abito qui.»

Lui ha guardato e ha risposto: «Bella casa, molto bella. Via Crivelli numero 12.» Poi mi ha messo le mani sulle spalle e ha detto: «Tu Nino, sei il mio amico italiano. Unico amico italiano. Tu sei come mio fratello Joseph. Dopo che la guerra è finita, tu vieni a trovarmi a Francoforte e vedi il mio Joseph» e mi ha sorriso. Quasi mi spiace dirlo, ma mi sono commosso; gli ho detto: «Certo che vengo a Francoforte, Franz. Grazie» e sono corso in casa; mentre chiudevo la seconda porta, ho dato uno sguardo, e lui era ancora lì.

Sono entrato in casa, chiamando la mamma e il papà; mi sono corsi incontro, la mamma piangeva, il papà no, ma era pallidissimo; mi hanno abbracciato eccetera eccetera. Abbiamo pianto un po' tutti insieme.

*Più tardi*

Avevano saputo della retata; tutta la città ne parlava; poi era arrivato Silvio, tutto spaventato, e aveva detto che eravamo insieme al momento dell'arrivo dei militi, e di non avermi più visto. Papà aveva subito pensato che m'avessero preso, era andato a cercarmi in due o tre caserme, e s'era preoccupato moltissimo quando quelli della *Sicherheit* gli avevano detto che ero andato via con un soldato tedesco. Io ho spiegato tutto, e ho raccontato di Franz; la mamma ha detto: «Dio lo benedica, quel povero ragazzo!» e insomma è stato un momento tra il triste e l'allegro. La paura m'era passata, avevo voglia di parlare, ma a un certo momento il papà ha detto: «Sì, ma le altre cose ce le dirai domani. A letto, adesso. Hai bisogno di un bel sonno.»

Era vero, ma non ho fatto un bel sonno. Mi svegliavo ogni minuto, e anche se non volevo, pensavo alla retata, a quello stanzone, ai militi con la fascia gialla, ero tutto sudato.

A chi racconterò quello che m'è accaduto, ora che non ho più Matilde?

*13 settembre*

Dopodomani comincia la scuola. Bene. Era ora. Comincia la scuola e finisce questo diario. Non mi va più di scriverlo, male o bene continuo a scrivere le stesse cose. Sono stufo.

*11 novembre*

Riprendo il diario. Devo scrivere, se no scoppio. Non ce la faccio. Se non posso più dire a Matilde quello che mi è successo, posso sempre dirlo a me, no? Sì. Sì.

Ho le mani che tremano. Sono le due di notte, ma bisognerebbe dire: le due del mattino. Invece di mettermi a dormire, ho preso il quaderno e scrivo. Scrivo male. Chissà, forse non riuscirò nemmeno a rileggere quello che scrivo, e mi viene in mente la signorina Vecchietti, la mia maestra di quinta, che ci diceva: “Asino di natura chi non sa leggere la propria scrittura.” Mi sembra che sia passato un sacco di anni, da quel tempo.

Ma questo non c’entra. Le mani mi tremano per la paura. Ma no. La paura non c’entra.

Ieri sera, verso le sei e mezzo, io e il papà eravamo in tinello, lui sentiva la radio, io finivo il compito; la mamma era in cucina a preparare. Era una sera quieta, come le altre; e di giorno non c’erano stati allarmi aerei. Da quando hanno bombardato la città e distrutto i ponti sul fiume, gli aerei ci lasciano in pace. A un certo momento suona il campanello, sentiamo la mamma dire: «Chissà chi è.» È andata ad aprire, l’abbiamo sentita parlare con qualcuno; poi, ecco che viene in tinello, si ferma sulla soglia, con una faccia strana, pallida; abbiamo capito subito che c’era qualcosa che non andava; il papà ha cominciato: «Piera, che cosa...» ma lei ha detto: «C’è un soldato tedesco.»

Il papà è rimasto lì, e io subito ho capito che cosa aveva pensato: che venivano ad arrestarci, per quel professore ebreo; la mamma fa segno di no, guarda me e dice: «Cerca te, Nino.»

Ah, come mai non m'era venuto in mente subito? Era Franz! Mi sono alzato, ho detto: «Dev'essere Franz, certo» e sono andato all'ingresso, cercando di immaginare che cosa volesse Franz.

Mi sono sentito mancare il respiro. Non era Franz.

Era un sergente. Era sulla soglia, mi ha guardato, aveva degli occhi chiarissimi, ma tutti cerchiati, e stanchi, e anche la sua faccia era molto stanca e molto magra. Dalla sorpresa, non ero più nemmeno capace di respirare.

Ha chiesto: «Monti Nino?» e io non so come ho risposto: «Sì» e in quel momento ho sentito che la mamma e il papà erano venuti alle mie spalle.

Il sergente dice: «Se volete seguirmi alla stazione.»

«Alla stazione?» Mi mandavano in Germania?

«C'è un soldato tornato dal fronte e che ha chiesto di vedere voi.» Parlava l'italiano un po' a scatti, come fanno i tedeschi.

A questo punto, il papà ha detto: «Dica a me, sono il padre.» Il sergente l'ha appena guardato, e si è ancora rivolto a me: «Non è un ordine di venire. Potete anche non venire in stazione. Però» e ha fatto un cenno nervoso con la testa, «*Schnell*.» E io so che *schnell* vuol dire *in fretta*.

Gli ho risposto allora: «Sì, vengo!» e anche se il papà e la mamma si sono messi a parlare insieme, ho ripetuto: «Sì, vengo. Andiamo.» Non so perché l'ho fatto. So che in quel momento non potevo fare altro.

Il papà mi ha preso per un braccio. «Tu non vai da nessuna parte» ha detto; l'ho guardato, non so che faccia avevo, lui fa: «Va bene, ma vengo anch'io!» Non ho trovato niente da dirgli; il sergente era uscito sul pianerottolo e aspettava. Non era il momento di star lì a discutere.

Siamo scesi; davanti alla casa c'era una camionetta, con un altro soldato; il sergente mi ha fatto segno di salire, ma gli ho detto: «No, se è qui alla stazione, vengo con la bicicletta. Vado a prenderla» e prima che potesse dirmi qualcosa, sono corso in cortile; il papà mi è venuto addietro, era molto agitato: «Nino, aspetta, voglio dire a quel sergente...» ha cominciato; ma io ero già in bici e ho risposto: «Dopo, dopo, papà» e sono uscito dal portone. Vedendomi, il sergente ha messo in moto. Li ho seguiti.

Mi sembrava (strano!) che la vita si fosse sospesa. Adesso però smetto di scrivere. Sono troppo stanco. E le mani mi tremano ancora.

*

*12 novembre*

Sì, adesso le cose vanno un po' meglio. La paura mi è passata. Ho soltanto una gran tristezza.

Ero uscito di casa, allora, e avevo seguito la camionetta. Pensavo a quello che poteva volere da me Franz. Perché voleva vedermi, perché non era venuto lui? Insomma, sono arrivato alla stazione che non ne potevo più, e là mi sono fermato.

C'erano soldati, ma tanti, e tante camionette, tante mitragliatrici, tanti autocarri; doveva esserci qualcosa di grosso, che cosa poteva essere? Ma il sergente è sceso dalla camionetta, mi ha fatto un cenno, come a dirmi: *Schnell!* e si è avviato. Ho messo la bicicletta contro il muro, gli sono corso dietro, lui nemmeno si girava a vedere se c'ero o no, e seguendolo ha attraversato l'atrio e la sala d'aspetto; pensavo: chissà che cosa vuole Franz, ma quando sono arrivato sulle banchine, non sono stato più capace di pensare a niente.

Davanti a me c'erano non so quante barelle, cento, duecento, non so; e su ogni barella, un ferito; e si sentiva tutto un mormorio, come quando la gente prega; di tanto in tanto, però, un richiamo o un piccolo grido. Infermiere vestite di bianco andavano e venivano in fretta; c'era odore di disinfettante, di alcol, di canfora, di tintura di iodio, un odore così terribile che mi è mancato il respiro; e tra quell'odore e quelle barelle e quelle voci basse, ho cominciato a sudare, m'ha preso di colpo la voglia di scappar via: tanto, chi mi avrebbe inseguito? Nessuno. Ma il sergente si è girato, ha fatto un altro cenno in avanti.

Abbiamo camminato lungo un treno; un treno ospedale, con grandi riquadri bianchi sui vagoni, e in ogni riquadro una croce rossa. Tutti gli sportelli erano aperti, e dei soldati stavano caricando le barelle. Avevo la bocca secca, tenevo i denti stretti, mi dicevo: Forza, forza! e camminavo tra le barelle e il treno, quasi senza guardare dove andavo, così sono andato a finire contro il sergente, che si era fermato. Stavo per dirgli qualche cosa, ma lui ha fatto un segno verso il basso, come a dire: "Ecco."

Ho guardato, c'era una barella, sulla barella un uomo tutto bendato; voglio dire, con la testa, il collo, le spalle tutte bendate, e con la faccia stretta dalle bende. Non avevo mai visto quella faccia, mai. Ho guardato il sergente. Non capivo, forse aveva sbagliato. O forse io avevo paura di capire. Lui allora si è inginocchiato accanto a quel ferito, gli ha detto qualcosa in un orecchio, e poi si è rialzato e mi ha fatto segno di sì e si è tirato indietro.

Così mi sono trovato da solo davanti a Franz. Perché anche se non l'avevo riconosciuto, avevo capito che era lui. Strano. In quel momento, tutte le paure mi sono passate.

Tutte, proprio; non ho pensato più a nulla, non ho neppure sentito più quegli odori, e quelle voci. Non ho avuto paura nemmeno quando mi sono accorto che Franz mi stava guardando. Molto calmo mi sono messo in ginocchio e ho cercato una mano da stringere. Eccola. Era fredda e bagnata di sudore. Ho detto: «Franz.»

Che cosa potevo dire? Ho detto ancora: «Franz, come stai?»

Quelle labbra si sono mosse un po', come per parlare, ma non si è sentita nessuna parola, nessuna voce, ne sono certo. Ho detto: «Sei ferito?» e ho cercato ancora qualcosa: «Franz, guarirai, vedrai.» Ma no, ho pensato, ma no, che cosa gli vuoi dire?

Ho stretto la mano, ma lui non ha risposto, non aveva forza; continuava a guardarmi però, e poi ha mosso ancora le labbra e, o mi si è confusa la vista, perché avevo gli occhi pieni di lagrime, o Franz ha piegato le labbra, come per sorridere. «Franz, sono io, sono Nino» ho detto, «vedrai che guarisci» e non sono stato capace di dire altro. Bello scemo, eh? Bello scemo. Mi sono girato allora verso il sergente, lui ha mosso la testa, come a farmi capire che mi scusava anche se ero scemo.

Ho stretto allora quella mano, detto proprio con voce forte: «Franz, quando sei a casa, scrivimi; vengo a trovarti a Francoforte, te e Joseph» poi non ce l'ho più fatta e mi sono messo a piangere; e in quel momento sono venuti dei soldati che hanno preso la barella e l'hanno caricata sul treno.

Non sono venuto a casa subito, anche se sapevo che la mamma e il papà erano preoccupati, e che magari mi avrebbero sgridato, o detto chissà che cosa. Tanto, quello che deve accadere, accadrà. Sarò scemo, ma queste cose le ho capite. Povero Franz, non credo che avrà molto da vivere. Che cosa terribile. Perché, poi? Lui mi ha fatto chiamare perché io somiglio a quel suo fratello Joseph. Voleva vedere suo fratello. Ma voleva vedere anche me, il suo unico amico italiano. Povero Franz, sì che io ti sono amico. Sì.

Era buio, ormai, ma sono andato in bici lungo la strada statale, fino al punto da dove si vede la ferrovia.

Mi sono seduto nell'erba. Non so nemmeno io perché, non di sicuro per aspettare il treno, chissà quando sarebbe partito, con tutti quei feriti da caricare. Non mi vergogno a dirlo, ho pianto. Ma tanto. Sono stato là per un po', a pensare alle cose che stanno accadendo. Non sono riuscito a capirci nulla. Sono stato là fino a quando non mi sono accorto di tremare; per il freddo, credo; ma forse non era per il freddo. Poi ho ripreso la bici e sono tornato a casa, prima del coprifuoco.

Ecco. Adesso sono calmo. Non continuerò a scrivere il diario. No. Sono certo di no. Ma questa guerra sarà finita, prima o poi, e allora potremo vivere da ragazzi.

*Lo sguardo obliquo*

*Tanti libri di Mino Milani io li ho letti ad alta voce, ai miei alunni, quando facevo il maestro. Così ogni narrazione di questo scrittore diventa mia in modo diverso e speciale: senza che io dica nulla a me stesso sono un poco sempre là, maestro poco più che ventenne, e mi godo* Tommy River *insieme a loro, interrotto tanto spesso da domande, ma ritmato anche da silenzi totali e improvvisi. Poi, questo libro è più mio perché sono stato un bambino in guerra, molto più piccolo del protagonista, e ho imparato a leggere, a scrivere, a disegnare sotto la guida di un soldato tedesco, ho visto i cosacchi, con i loro cavalli, accampati sul greto del Samoggia.*

*La Seconda guerra mondiale cambiò interamente la percezione della guerra nelle persone che erano al fronte: a leggere romanzi, racconti, poesie, diari, memorie scaturiti dalla Grande guerra si sente, soprattutto*

*quanto fosse diversa la vita in trincea da quella delle città. I fanti, lassù nel Carso, vedevano l'inferno, l'orrore, il bieco ritorno di rimossi fantasmi, il prodursi di una perdurante Totentanz che proponeva l'indicibile, il non raccontabile. Ma le signorine di buona famiglia, intanto, prendevano ancora il tè a Milano, in Galleria, e nei piccoli paesi della nostra penisola c'era il silenzio secolare di sempre.*
*In questo romanzo Milani presta a Nino il fresco nitore della sua prosa, gli fa tenere un diario molto credibile, e a Nino domanda l'alterità di uno sguardo adolescente, uno sguardo obliquo, reso speciale dal confronto di questi occhi con una irrealtà che sembra il frutto di una torva leggenda nera, mentre è il racconto dettagliato di una vicenda verissima che ebbe entro di sé l'atroce nonsenso di ogni genere di guerra civile. Mentre è tutto così orribilmente vero, mentre c'è la fame che incombe e mentre una raffica dal cielo può assassinare un povero contadino che procede sereno sul suo carretto come in un quadro di Giovanni Fattori, Nino deve accettare, subire, forse cercar di capire come due fratelli, entrambi italiani, possano indossare divise diverse, combattere sotto diverse divise, in nome di ideali e di parole d'ordine che non hanno niente in comune. Nino potrebbe, tra fumetti, film, racconti, romanzi, avere in mente la Guerra Civile americana, dove un padre poté vestire la divisa grigia*

*e un figlio quella blu, come accade in un famoso racconto di Ambrose Bierce. Ma quando questa dilacerazione esce dall'afflato narrativo prossimo ormai al sogno, e riempie le strade di sangue, di rappresaglie, di agguati, di vendette, allora si ha un altro sguardo, si produce una nuova percezione. E Nino ama Matilde, con cavalleresca passione, con un garbo da gentiluomo in cui si coglie anche l'inconsapevole ricerca di un'alternativa. Quando tutto è disastro, quando si rischia l'infernale demenza che si colloca nel ventre di ogni guerra, ci si può salvare solo così, riflettendo sulla ineffabile bellezza di una coetanea e quindi allontanandosi dalla morsa implacabile della barbarie. Del resto, poi, nel diario di Nino, il narratore colloca un avviso perentorio, valido anche per noi, oggi: c'è un'orrenda normalità che sfugge alla cattura esercitata dalla guerra, perché quella spettrale miseria, di quei vecchi e di quei bambini nel Mulino della Valle, vince i bombardamenti, le stragi, le vendette. Lei è lì da sempre, questo laido spettro non teme gli otto settembre, le delazioni, i rastrellamenti: vive di una ignobile forza arcana, superiore perfino a quella della guerra. Perché, insegna poeticamente Milani mentre al suo Nino fa fare i conti con date, generazioni, trincee, mobilitazioni, se ti capita di vivere in guerra la tua adolescenza devi viverla ugualmente,*

*non ci sono mai sconti, mai interruzioni, mai benemerenze.*
*Come in tutti i suoi libri, Milani è prima di tutto preso dalla poesia del narratore. Mino e Nino hanno in comune questa quasi coazione al racconto: la forma del diario ha una sua inevitabilità, è collegata con la dignità del testimone. Così, dalla poesia si può passare alla didattica della storia, di cui qui si avverte una speciale e molto credibile sostanza.*
*Certo, occorre rammentare le date, e combinarle insieme, e comporre una precisa cronologia dei fatti. Certo occorre collocare sommergibili e bombardieri entro una cornice esatta molto onesta: ma la ricerca del cibo in campagna, o la memoria dei tempi in cui le torte erano ricoperte di panna montata definiscono un modo di far storia di cui abbiamo bisogno. Si litigò sulla storia dei generali e su quella delle torte: non c'è uno spartiacque preciso, o meglio: il diario di Nino è proprio un documento e una proposta pedagogica. Mescoliamo sempre l'Alto e il Basso, la remota, ancestrale verità della fame con l'incredibile e nuovissimo percorso dei bombardieri. Il West di Mino Milani era immerso nel sogno dell'Avventura proprio perché date, divise, battaglie, carte geografiche, treni, bisonti sortivano da un ragguaglio preciso, condotto su molti testi con l'animo del ricercatore. I mongoli sono condotti da Hitler proprio lì dove sono iniziate le vacanze,*

*dove Matilde è bellissima e dove si può pescare.*
*Loro possono ricondurre anche Michele Strogoff*
*errante nella steppa, falsamente cieco.*
*Ma Hitler li arruolò davvero e poi li utilizzò*
*davvero secondo le ragioni sconcertanti*
*della sua allucinata strategia. E ci furono*
*anche inglesi orrendamente torturatori.*
*Ma come: torturatori sadici quei soldati*
*bellissimi, detti "soldati di Kipling" e degni*
*degli eroi antichi nella carica dei Seicento?*
*Sì, Milani sa documentarsi e dopo non ha paura*
*di scrivere ciò che ha scoperto: il cugino*
*superstite che viene, dopo un'odissea incredibile,*
*dall'Africa Orientale Italiana, è una specie*
*di sigillo, di controprova. Senza di lui il diario*
*di Nino non rimanderebbe davvero*
*a quello di Mino.*
*Anche il ricordo, pur fuggevole, di El Alamein*
*deve entrare in un diario in cui si allude*
*alla morte disperata di un ebreo che potrebbe*
*salvarsi ma viene ucciso da un aereo amico.*
*E la fine del bel rapporto con Matilde trova*
*un contrappunto nella strana amicizia con Franz.*
*E si deve andare avanti, proprio con questo*
*cumulo di ansie, con questi sobbalzi*
*che uniscono la curiosità per le banane*
*alla tragica follia di un rastrellamento.*
*Il diario di Nino sembra aprirsi ad un orizzonte*
*più vasto di quelli a cui ci hanno abituato*
*le testimonianze vere o i romanzi creati*
*su quegli anni. Nino sa che è tutto più*

*complicato, intricato, controverso, dubbioso di come altri lo hanno raccontato. E, nel perdere Matilde, ribadisce l'amicizia con Franz, perché la guerra, l'amore, gli amici, i nemici, la morte e la vita sono così complessi che si smette perfino di tenere un diario.*

ANTONIO FAETI, 2002

Finito di stampare nel mese di maggio 2010
presso Grafica Veneta S.p.A.,
via Malcanton 2, Trebaseleghe (PD)

RCS Libri

ISBN 978-88-17-04025-9